지구촌은 넓고,
희한한 얘기도 많다.

김영진 엮음

지성문화사

시작하면서

'지구촌은 넓고 희한한 얘기도 많다'는 본인이 주간지나 월간지 등에서 읽거나 들어서 알게 된 재미있고 희한한 이야기들을 재구성하여 엮은 책으로서, '지구촌은 넓고 얘깃거리도 많다'의 속편이라고 말할 수 있다.

본인은 물론, 이 책의 내용이 모두 사실이라고 주장하지 않으며, 이 책의 내용은 매우 유익한 것이라고 주장하지도 않는다. 단지 하는 일이 제대로 풀리지 않아 짜증이 나거나 답답할 때, 그리고 어려운 일을 당해 기분이 울적해졌을 때 이 책을 읽으면 작은 도움이나마 될 것이라고 말할 뿐이다.

이 책의 재미있는 이야기들을 읽다가 보면 여러분의 답답한 기분이 약간은 풀어지게 될 것이고, 커다란 불행을 당한 사람들의 딱한 이야기들을 읽다가 보면 현재 자신이 처해 있는 어려움이 절망적이라고 말할 정도로 큰 것은 아니었구나라는 생각을 새삼스럽게 하게 될 것이다.

아무쪼록 이 책이 아무런 쓸모도 없는 '쓰레기'로 전락되지 않기를 바라는 마음 간절하다.

엮은이

차례

1.
해괴한 이야기 (구소련 편)

퉁구스의 수수께끼

1908년 6월 30일 아침, 시베리아의 퉁구스 지방에 정체불명의 대폭발이 있었다. 하늘에서 거대한 불덩이가 떨어지면서 일어난 이 폭발은 자연현상의 하나로 결론지어졌다.

그러나 갖가지 루머가 끊이지 않자 러시아 혁명 이후 과학적 조사에 나섰다. 대부분 과학자들은 운석일 것으로 추측하고 조사에 나섰지만 운석의 흔적은커녕 운석이 떨어질 때 파이는 구덩이조차 발견하지 못했다. 더욱 괴상한 것은 폭심지에서 발견한 납이 지구 나이의 3배나 되는 110억년 전의 것으로 확인된 점이다.

그러나 납은 붕괴되지 않을 뿐만 아니라 반감기가 무한이기 때문에 연도 측정이 불가능하다는 반론이 제

기돼 이 수수께끼는 일단 풀렸다. 그래도 SF성 추측론은 꼬리에 꼬리를 물고 제기됐다. 특히 폭심지 일대의 작은 금속조작들이 지구것이 아님이 밝혀지자 이러한 '설'들은 더욱 힘을 얻었다. 마침내 1960년 직경 160미터 이상, 무게 700톤 이상의 연약한 운석이 공중 폭발한 것으로 일단 결론났다.

시베리아의 괴수

시베리아의 원시림도 어느 정도는 개발이 되어 왔지만 그래도 아직까지 그 곳에 무엇이 있는지 확실히 알 수 없다고 한다.

지금까지도 「맘모스」의 화석이나 「공룡」의 화석 등이 이따금 발견되어 고고학 상으로 중시되고 있는 곳이다.

이 시베리아의 원시림 속에서 새로운 괴수가 몇 사람인가에 목격되고 있다고 한다.

그 괴수는 몸은 코뿔소를 그대로 닮았고 몸길이는 3 미터 이상이나 되는 거대한 것이라고 한다. 그런데 기분 나쁘게도 목이 두개 있으며 각각의 머리에 굵은 뿔이 한 개씩 있다고 한다. 하지만 그것의 정체는 수수께끼에 싸여 있다.

반중력의 도로

시베리아의 북만 북극해로 불거져 나간 타이미트 반도의 타이미르 호에서 서쪽으로 80킬로미터 정도 간 곳에 반중력의 도로가 있다.

이 곳을 야간에 통행하면 인간만이 아니고 다른 동물이나 자동차 등 모든 것이 지상 4~50센티의 높이로 떠오르고 만다는 이상한 도로다. 이 현상은 20년 정도 전에부터 일어나고 있는데 학자들이 아무리 조사해봐도 원인은 전혀 알 수 없다.

얼마 전에도 10톤 이상이나 되는 트럭 3대가 동시에 지상으로부터 떠올라서 대소동이 일어났었다.

그런데 이 이상한 현상은 도로의 어디에서나 일어나는 것은 아니고 7~8미터 길이의 정해진 장소에서만 일어나고 있다고 한다.

괴승의 수수께끼

러시아혁명 직전, 니콜라이 2세의 궁정사회에서 대단한 힘을 가졌던 괴승 라스푸틴은 그 이름 그대로의 괴물인간이었다.

1916년 12월 16일 라스푸틴을 죽이려고 한 반대파의 유스포트 공이 저택으로 이 괴승을 초대하여 독이 든 술과 만두를 먹였다. 하지만 전혀 효과가 없었다. '그렇다면'하고 반대파는 권총으로  쐈고 군의가 사망이라고 진단했다. 그런데 바로 그 때 그가 벌떡 일어나 걷기 시작한 것이다. 놀란 암살자들은 다시금 권총을 쐈고 철봉으로 마구 때려서 죽여 사체를 강에 던져 버렸다.

후일 시체가 발견되었는데 어찌 된 일인지 그의 사인은 익사였다고 한다. 권총이나 철봉으로 쏘고 때린 것이 죽음의 원인은 아니었다는 이야기다.

4차원의 벽인가?

    흑해 연안에 있는 메리트폴리에는 SF소설에서 그려지는 것과 같이 살아 있는 인간을 빨아들이고 마는 4차원의 벽이 있다고 한다.

    그 일이 알려진 것은 약 20년 전으로 한 사람의 노인이 오래된 성벽에 다가섰는데 그의 모습이 순식간에 벽 속으로 빨려 들어가듯이 사라지고 말았던 것이다. 지금까지 이 벽에 빨려 들어간 사람은 알려진 것만 해도 6명이나 된다고 한다. 또 그 벽으로부터는 가끔 희미한 사람의 소리가 들려오는 일이 있다는 것이다.

    이 벽에는 4차원으로 가는 길이 통하고 있는지도 모른다.

배를 들어올리는 분수

  우리들의 이미지 속에 있는 분수는 아름답고 로맨틱한 것이다. 그런데 1천 톤이나 되는 무게의 철선을 뿜어 올리고 마는 기분 나쁜 분수가 구소련에 있다는 것이다.

  카자흐 공화국에 면한 아랄 해라는 내륙해에 이 같은 강력한 분수가 있다. 분수라고 하지만 인공의 분수가 아니고 바닷물이 뿜어 올리는 분수 같은 현상을 말하는 것이다.

  수년 전 1천 톤 가까이나 되는 화물선이 해면 위로 2 미터 정도나 뿜어 올려진 것이 최대의 기록으로서 남아 있다.

  이 같은 분수현상이 일어나는 해면은 일정하지 않다. 때로는 수 킬로미터나 떨어진 곳에서 뿜어 올려지는 일도 있다.

수수께끼의 괴상한 벌레

우즈베크 공화국 북부에 있는 키지르쿰 사막에는 수수께끼의 괴충이 있다고 옛날로부터 전해지고 있어서 학자들이 몇 번이나 현지조사에 나섰다.

이 괴충은 전갈을 확대한 것 같은 모습을 가지고 있다. 전신이 피처럼 빨간 색이며 두 개의 집게만이 황금색으로 빛나고 있고, 몸은 2미터 가까이 되는 것도 있는 모양이다.

또 맹독을 가지고 있어서 사람은 물론이고 어떤 커다란 동물이라도 집게에 집히면 수분 이내에 죽고 만다고 전해지고 있다. 이같은 괴충은 사막에 수십 마리정도 있다고 보여 지고 있는데 그것의 정체는 알려져 있지 않다.

날씬한 여자가 사랑을 못하는 이유

- 『일요신문』에서 발췌 -

2.
원 세상에, 어떻게 이런 일이

생명을 건진 '기적의 손'

한 30대 직장인이 네 살 배기 여자아이가 아파트 10층(높이 25 미터)에서 떨어지는 것을 보고 두 팔로 받아내 목숨을 살렸다.

2003년 1월 25일 오후 3시께 전남 광양에 사는 유남훈 씨(36)는 광주 광산구 우신동 모 아파트 부근을 지나가다 오모 양이 아파트 베란다에 매달려 버둥대는 모습을 보고 뛰어가 떨어지는 오 양을 받았다. 오 양은 유 씨의 팔에 한 번 안긴 뒤 충격이 크게 완화되면서 땅으로 떨어졌다. 당시 오 양이 떨어졌을 때의 충격은 1톤 짜리 망치로 때리는 것과 같은 하중이었다. 몸무게 15킬로그램의 오 양이 25미터 높이에서 떨어졌을 경우 시속 80킬로미터에 이르기 때문이다. 실로 위험천만한 순간이었다.

인근 병원으로 옮겨진 오 양은 골반뼈에 금이 가는 부상 외에는 외상이 전혀 없는 등 생명에는 지장이 없는 것으로 밝혀졌다.

유 씨도 오 양을 받아내는 바람에 양팔에 통증이 있는 것으로 알려졌으나, 병원에서 X레이 검사를 받은 결과 뼈에는 특별한 이상이 없는 것으로 확인됐다.

유 씨는,

"전남 광양에서 직장을 다니는데 광주에 일 보러 온 길에 우연히 지나가다 이 같은 광경을 목격하고 본능적으로 달려갔다"며,

"그 상황을 본 사람이라면 누구라도 그렇게 했을 것"
이라고 말했다.

유 씨의 부인은,

"남편은 평소에도 남의 어려운 상황을 보면 지나치지 못하는
열혈남아"라며,

"지난 해 10월께에는 동네에서 취객을 친 뺑소니차량을 목격하
고 끝까지 쫓아 범인을 잡기도 했다."
고 말했다.

또 하나의 내가 있다

영국에 버튼이라는 사나이가 살고 있었는데, 어느 날 밖에서 돌아와 보니, 자기 책상에 등을 돌리고 앉아 있는 사람이 있었다.

"함부로 들어와서 남의 책상에 앉아 있다니!"

괘씸하게 생각하며 자세히 보니까, 그 사람이 입고 있는 옷이나 몸의 모양새까지 모든 것이 자신과 똑같았다. 이상하게 생각하고 가까이 가려고 하자 그 사나이는 열려 있는 문으로 도망쳐 버렸다.

그 후 버튼은 병에 걸려 반 년도 못 돼서 죽고 말았다. 그런데 그 집의 주인은 이미 3대에 걸쳐서 똑같은 일을 겪고 죽었다고 한다.

거꾸로 쓰고 읽는 병

영국 맨체스터에 사는 10살짜리 소녀가 어느 날 갑자기 글을 거꾸로 쓰고 읽는 병에 걸려 고생하다가 1년여 만에 책상에 머리를 부딪치면서 정상으로 돌아가 의학계의 미스터리로 기록되었다.

비키 윌모어라는 소녀는 1년 전 어느 날 갑자기 두통을 호소하면서 글씨를 거울에 비친 것처럼 거꾸로 쓰고 읽는 경상서체병이 시작되었다.

심리학자들과 뇌질환 전문의들이 온갖 심리, 생리 테스트를 해보았지만 그 병을 치료할 수 있는 방법을 찾아내지 못했다.

그렇게 1년이 지난 어느 날 비키는 맨체스터 유나이티드팀과 러시아의 로토르 볼고그라드팀간에 벌어진 축구경기를 TV로 보다가 맨체스터팀이 지자 실망하여 의자 뒤로 몸을 젖히다 책상에 머리를 강하게 부딪쳤는데 다음 날 학교에 간 비키는 원래대로 다시 글을 똑바로 읽고 쓰게 되었다고 한다.

10대 소녀 실연 충격에 기벽 발생

하루에 물을 20리터씩 마시는 아가씨.

20리터면 대충 잡아 2홉들이 소주병으로 60병 분량이다. 한데, 마실 수 있다는 것이 아니라 매일같이 이 만큼씩 안 마시고는 못 배긴다면 이건 병이다.

이 불쌍한 아가씨는 미국 디트로이트에 사는 19살의 다너 커새리아 양인데,

"나도 어쩔 수가 없다. 안 마시면 안 된다. 점점 심해지는 것 같다."

라고 하소연한다.

커새리아 양이 이 괴상한 병에 걸린 것은 고교생이던 2년 전 깊이 사귀던 남자친구와 헤어지면서부터였다. 심신이 너무 허전했던지 물이라도 퍼마시면 약간은 기분이 가라앉았다는 것이다. 그러던 것이 이제는 때로 토할 때까지 물을 마시고, 토하고 또 물을 마시는 지경이 됐다. 커피도, 차도, 우유나 청량음료도 안 마시고 오직 물만 마신다.

문제는 이 같은 기벽이 의학적으로 신체에 결정적인 해를 끼칠 수 있다는 것이다. 신장과 심장에 심한 부담을 줘 생명까지 위태롭게 한다고 의사들은 경고한다.

부모들도 이 같은 버릇을 고치려고 목욕탕, 부엌문을 닫아거는
등 필사적이지만 꽃병, 심지어는 하수도 물까지 마셔버렸다고 한
다.

　고교졸업 후 몇 가지 직업을 가졌지만 그 때마다 물 마시느라
고 시간을 다 소비하는 바람에 제대로 일을 못하고 번번이 직장
을 그만뒀다.

　커새리아 양은 얼마 전부터 병원을 찾아 본격적인 치료를 시작
했다. 치료는 심리적인 부분에 중점을 둬 주로 감정조절을 통해
물을 마시려는 욕구를 자제하도록 한다는 것이다.

　시작한 지 얼마 안됐지만 치료효과가 있어 물을 마시는 양이
많이 줄었고 매우 우울할 때나 심한 스트레스를 받는 경우가 아
니면 어느 정도 참을 수 있게 됐다.

　어린 나이에 겪은 실연의 아픔이 불러온 묘한 병이다.

장기기증자의 기억을 갖고 살아가는 여성

클레어 실비아(56, 여)는 어느 날 갑자기 차가운 맥주와 켄터키 치킨을 먹으며 자신이 잘못 돼도 한참 잘못 됐다고 생각했다. 왜냐하면 자신은 철저한 금주주의자이자, 채식주의자였기 때문이다.

무용학교 발레 교사인 그녀는 몇 달 전 장기 이식 수술을 받기 전까지는 원칙주의자로서 고리타분한 성격을 가지고 있었지만, 다른 사람의 심장과 폐를 이식받은 후부터는 낙천적이면서도 관대한 성격으로 바뀌었다. 그리고 자신이 경험해 보지 못한 일들도 아주 오래 전에 해 본 것처럼 익숙하게 느끼곤 했다.

그런데 무엇보다도 놀라운 경험을 한 것은 수술을 받은 뒤 회복실에서 잠시 머무를 때였다. 그녀는 꿈 속에서 라이랜드라는 청년을 만났는데, 그가 그녀의 몸속으로 빨려 들어오면서 꿈에서 깨어났다.

그리고 요양을 하기 이해 프랑스에 갔을 때에도 한 때 그 곳에서 산 것 같다는 느낌이 들 정도로 친근감이 느껴졌다.

그녀는 자기에게서 일어나는 미묘한 변화에 대한 해답을 찾기 위해 나섰다. 장기 기증자는 누구인지 찾아 나선 것이다. 그리고 놀랍게도 꿈속에서 만나 이미 잘 알고 있는 팀 라이랜드가 장기를 기증한 사람이란 사실을 알아냈다. 그는 차가운 맥주와 치킨을 좋아하는 낙천적인 성격의 소유자였다.

그런데 실비아에게서 나타나는 이같은 증상은 다른 장기 이식자들에게서도 찾아볼 수 있는 현상이라고 한다.

"이런 현상은 이식 수술을 받은 환자들에게서 어렵지 않게 발견되곤 합니다. 어떤 경우에는 연구 대상자의 약 20퍼센트가 자신의 것이 아닌 다른 사람의 기억을 공유하고 있다는 사실이 발견되기도 했습니다."

보스턴 대학 코티스 박사의 말이다.

말하자면 장기는 단순한 근육이 아니기 때문에 그 조직 안에 있는 기증자의 기억 소자들이 장기와 함께 이식자에게 이식될 수도 있다는 것이다. 어쨌든 팀의 장기를 빌려 새로운 생명을 살게 된 실비아는 허락된 그 시간까지 열심히 팀의 몫까지 살겠다고 맹세했다.

엄마를 구한 태아

미국 조지아 주 애틀랜타에 사는 임신 8개월의 멜린다 스미스 (28세)씨.

슈퍼마켓에서 쇼핑을 한 후 주차장까지 걸어가 키 박스에 열쇠를 마악 꽂으려는 순간이었다.

"꼼짝 마!"

강도가 그녀의 뒤에 바싹 달라붙었다. 그리고 한쪽 손으로 스미스의 입을 틀어막았다.

스미스는 갑자기 화가 치밀었다. 담뱃진에 잔뜩 찌든 손이 자신의 입을 틀어막고 있었기 때문에 구역질이 치밀 것 같았다. 때문에 순간적으로 몸을 옆으로 빼면서 오른쪽 발로 그 강도를 힘껏 걷어찼다.

그 순간 한 발의 총성이 울렸고 스미스는 의식을 잃으면서 아무런 대책없이 무분별하게 행동한 자신에게 혀를 찼다.

스미스는 신속하게 병원으로 옮겨져 X레이 사진을 찍었는데, 그 사진을 들여다 본 의료진은 기절할 것처럼 놀랐다. 강도가 쏜 총알이 스미스의 배를 뚫고 들어가 태아의 엉덩이에 박혀 있는 것이 아닌가! 깜짝 놀란 의료진은 재왕절개수술로 태아를 꺼낸 후 엉덩이에 박혀 있는 총알을 제거하기로 했다.

그 수술을 총지휘한 피터 보그 박사는 이렇게 말했다.

"그 아기는 딸이었습니다. 총알이 어머니와 아기의 중요한 기관을 모두 피해 아기의 엉덩이에 박힌 건 천만다행이라고 할 수 있지요. 만일 그 방향으로 1인치만 더 들어갔어도 두 사람 모두 생명을 건지기 어려웠을 겁니다. 어쨌든 태아가 자신의 몸으로 그 총알을 막았으니 엄마의 목숨을 구한 효녀라고 말해야겠지요? 엄마는 평생동안 딸에게 감사해야 할 겁니다."

그 효녀는 분만 예정일보다 5주 먼저 태어나 수술까지 받았지만, 그 어떤 아기보다도 건강하게 성장하고 있다고 한다.

성폭행범을 체포한 침대

"꼼짝하지 마, 소리를 지르면 어떻게 되는지 알겠지?"

침대에 누워 책을 보던 크리스탈 로메로(27세)는 차가운 빛이 번득이는 칼을 들고 자신을 노려보고 있는 건장한 사나이를 올려다보았다. 이어서 그의 눈을 본 순간, 지금 그가 무엇을 원하고 있는지 알 것 같았다. 그녀는 자신의 얇은 잠옷 사이로 반쯤 내비치는 젖가슴을 손으로 가리면서 생각했다.

'저 사람은 지금 내 몸을 원하고 있어.'

베네수엘라의 수도인 카라카스에 사는 크리스탈 로메로의 아파트는 매우 작았다. 때문에 공간을 활용하기 위해 밤에는 근사한 침대가 되고 낮에는 접어서 벽에 붙여놓는 「머피 침대」를 설치했다.

153센티미터의 작은 키였지만 야무지게 비서 일을 해내고 있는 로메로는 잠을 자기 전에 「머피 침대」에 누워 독서를 하고 있었다. 그런데 깜박 잊고 걸쇠를 채우지 않은 문으로 도둑이 침입했던 것이다.

그녀는 빛을 발하는 칼날을 보면서 어떻게든 이 위기에서 빠져나가야 되겠다고 마음을 단단히 다져먹었다. 로메로가 별다른 저항을 보이지 않자, 도둑은 회심의 미소를 지으며 침대로 뛰어들었다. 그리고 그녀의 옆자리에 눕는 순간, 그녀는 재빨리 몸을 굴려 침대 밑으로 떨어진 뒤에 「머피 침대」의 끝부분을 힘껏 들어올렸다.

그러자 스프링에 의해 작동되는 머피 침대가 '꽝'하는 소리와 함께 벽쪽으로 접혔다. 로메로가 신속하고 침착하게 침대를 잠그는 걸쇠를 채우자 흉악범은 그야말로 독 안에 든 쥐의 꼴이 되고 말았다.

경찰은 로메로의 집에 침입한 상습적 성폭행범인 호르헤 마추카스를 성폭행 미수 혐의로 구속했다. 머피 침대가 그 어떤 보디가드보다도 훌륭하게 주인을 위기에서 구해낸 것이다.

4천년 동안 잠을 잔 고양이

　이미 멸종된 지 오래 된 고양이 과의 동물이 고대 이집트의 한 파라오의 묘지 속에서 발견되었다. 그 고양이는 무려 4천년 동안이나 묘지 속에서 미이라를 지키고 있다가 고고학자들이 묘지를 파헤치는 소리에 놀라 깨어났던 것이다.

　4천년 전의 고대 이집트의 파라오 체루페제 4세의 묘지는 이집트의 위대한 사원 지하에서 발견되었다. 그 묘지를 4개월 동안 파 내려갔더니 비로소 돌문이 나왔다. 그 문을 열자마자 고고학자인 마수 박사는 너무나 놀라 그 자리에 얼어붙은 것처럼 서 있었어야 했다. 그의 눈 앞에는 오래 된 유물이나 보석은 보이지 않고 대신 먼지를 뒤집어 쓴 채 꿈틀대고 있는 고양이의 번쩍이는 두 눈이 있었다. 4천년 동안의 긴 잠에서 깨어난 고양이는 사납게 으르렁거리며 낯선 침입자를 노려보고 있었다. 다음 순간 잿빛 고양이는 표범만한 몸통을 활처럼 한 번 휘더니 마수 박사에게 달려들어 날카로운 이빨로 그의 허벅다리를 꽉 물었다. 고요하던 묘지 안에 마수 박사의 처참한 비명 소리가 퍼져 나갔다. 박사의 비명 소리를 들은 다른 대원들은 급히 소리가 나는 곳으로 달려갔다. 그리고 섬뜩한 눈빛을 가진 고양이와 맞부딪쳤다.

　"세상에 이럴 수가……."

그들을 발견한 고양이는 재빠르게 묘지 구석으로 몸을 숨기며 공격할 태세를 취했다. 하지만 대원들이 먼저 가지고 있던 그물을 던져 위기일발의 순간에 고양이를 생포할 수 있었다.

고대 이집트의 풍습에 따르면, 이런 고양이 과의 동물은 고대 이집트 사람들에게 신으로 추앙받았으며, 사원이나 묘지를 지키는 파수꾼의 역할을 했다고 한다.

그 때 잡힌 그 고양이는 4천 년 동안이나 무덤 속에서 잠들어 있었기 때문인지 얼굴이 바짝 야위었지만, 윤곽은 매우 뚜렷했다. 실험실로 옮겨간 몇 시간 후, 고양이는 급격히 건강 상태가 악화되어 숨이 끊어졌다고 한다.

별난 사진 – 두 얼굴의 고양이

한 미국 여성이 2001년 6월 8일 한 몸뚱이에 두개의 얼굴이 붙은 상태로 태어난 고양이를 들어보이고 있다.

3.
거짓말 같은 실화

'특별한 매춘업'

　1996년 미국 휴스턴에서 세관 직원이었던 한 남자가 매춘업을 운영했다는 이유로 7년 보호관찰 처분을 받았다.

　그는 아주 특별한 컨셉의 서비스를 제공하여 상당한 부를 모은 것으로 알려졌다. 거금을 내는 고객은 한꺼번에 10명의 매춘부와 동시에 섹스하는 황홀경을 맛볼 수 있었고, 나이 든 여성을 선호하는 남자들을 위해 70대 노파까지 고용했다.

　또 '샐러드 시스터스'라는 별명을 가진 매춘부 자매를 거느리고 있었다. 이 자매는 과일과 야채를 이용해서 서로를 자극하는 레즈비언 쇼를 연출하고, 그 소도구들로 고객에게 기묘한 서비스를 해 지역에서 상당한 명성을 얻었다고 한다. 구체적인 서비스 방법은 상상에 맡기는 수밖에 없을 것 같다.

딸의 남자친구 묵사발 만든 '다혈질 아버지'

1995년, 이 험한 세상으로부터 딸을 보호하려고 했던 다혈질 아버지 두 명이 처벌을 받았다.

미국 위스콘신의 토머스 헌터는 15세인 의붓딸의 남자 친구를 폭행했다. 소년이 매일 추근거린다고 판단한 헌터는 먼저 소년을 때려눕혔다. 그런 뒤에 배관용 테이프를 꺼내서 머리에서 발까지 칭칭 감아 마을 근처의 한적한 곳에 내동댕이쳤다.

한편 캐나다 토론토에서는 데스몬드 켈리가 2년 전의 사건 때문에 15개월 징역형을 선고받았다. 집에서 잠을 자던 켈리는 이상한 소리를 듣고 깨어나 황급히 딸의 방으로 달려갔다. 그 때 딸은 침대에서 남자 친구와 사랑놀이를 하고 있었다.

이 장면을 보고 격분한 켈리는 딸의 남자 친구에게 4미터가 넘는 발코니에서 발가벗고 뛰어내리게 했다.

배수관 신호로 '감방 섹스'

　1991년, 남녀가 함께 수용돼 있는 미국 미시간주의 교도소에서 수감자들의 방을 전면 재배치하는 소동이 벌어졌다. 각 8명의 남녀 수감자들이 눈이 맞아 정기적으로 섹스를 나누었던 것으로 밝혀졌기 때문이다.

　어느 날부터인가 남자들은 바로 아래층에 수감 중인 여자 죄수들에게 배수관을 두드려 모르스 부호를 보내기 시작했다. 그 희미한 신호를 이용해서 그들은 서로 사귀고 정도 쌓아 가다가 드디어 교도소의 으슥한 곳에서 만나 짧은 정사를 나누기에 이른 것이다.

　이 같은 은밀한 애정 행각은 한 남자가 점호 시간이 되었는데도 정사를 벌이느라 자기 방으로 돌아오지 못해 들통이 났다고 한다.

"죽은 남편의 정자 내놔라"

1991년 미국에서 윌리엄 케인이라는 남성이 자살했다.

비탄에 빠진 아내 산드라가 정신을 가다듬고 집안을 정리할 즈음 한 여자가 나타난다. 케인의 여자 친구라고 스스로를 밝힌 그녀 데보라 헤치는 유품 중 하나를 내놓으라고 요구했다.

케인이 죽기 전에 정액을 유리병에 냉동 보관했는데, 자신에게 주기로 한 것이니 당연히 돌려줘야 한다고 그녀는 주장했다. 치가 떨리도록 불쾌했던 산드라가 데보라 헤치의 요구를 거절하면서, 냉동 정액을 둘러싼 유례없는 다툼이 신성한 법정에서 벌어지게 되었다.

결과는 산드라의 승리였다. 법원은 1993년 문제의 정액을 폐기해도 좋다고 판결했다.

착각?

2001년 4월 뉴욕의 한 경찰서에 전화가 걸려왔다. 전화를 건 남자는 섹스를 한 번 하자며 여자 전화교환원에게 집요하게 매달렸다. 돈을 충분히 주겠다고 호언장담하면서 말이다.

문제의 남자는 다섯 번이나 연속해서 전화를 걸면서 교환원을 유혹했다.

화가 난 교환원은 드디어 남자를 만나기로 결심했고 남자는 상기된 표정으로 호텔 방에 들어서자마자 잠복해 있던 경찰에 의해 체포됐다. 22세의 피의자는 매춘업소의 전화번호로 착각한 것뿐이라고 주장했다. 일각에서는 그 남자가 여성의 특정 복장에 대한 성적 환상이 강한 성향이라는 분석도 있었다.

경찰서에는 병원과 마찬가지로 유니폼을 입은 여자가 많지 않은가.

성적 흥분은 '안전벨트'?

1995년 9월 미국 샌디에이고에서 오토바이를 타고 가던 남성이 사고로 사망했다. 그는 옆으로 지나가던 자동차의 여성 운전자에게 한눈을 팔며 집적거리다가 중심을 잃고 쓰러져 사망했다고 목격자가 진술했다.

그로부터 5일 후 같은 도로에서 이번에는 남녀 커플이 사고를 냈다. 35세 동갑내기였던 이 커플은 시속 75마일의 속도로 자동차를 몰다 앞차와 추돌하는 교통사고를 냈다.

그들은 섹스를 하던 중이었다. 남자가 운전석에 앉고 여자는 남자 위에 올라앉아 즐기다 보니 사고를 낼 수밖에 없었던 것이다. 자동차가 과속이었음에도 이 커플은 찰과상 정도의 상처만 입었는데, 성적 흥분 때문에 몸에 힘이 빠져 다치지 않은 것이라고 한다.

제자와 성 관계를 맺은 교사 "교육 목적"

    1991년 미국 위스콘신의 한 도시에서 생물 교사가 제자와 성관계를 맺은 혐의로 기소됐다.

    경찰은 그 교사가 평소에 자신을 짝사랑하던 16세의 여학생과 대낮에 빈 강의실에서 성행위를 벌이는 대담함을 보였다고 밝히고, 강의실에서 발견된 교사의 정액을 증거물로 제시했다.

    궁지에 몰린 교사는 자신은 절대 제자와 섹스를 하지 않았고 교육적 목적을 위해 자위를 했던 것뿐이었다고 엉뚱한 변명을 늘어놓았다.

    생물시간에 학생들에게 보여줄 정액 샘플이 필요해서 강의실에서 성인잡지를 펴놓고 혼자 '채취 작업'을 했다는 것이다.

젖꼭지에 마취제 발라 강도짓

1993년 방콕에서 트랜스젠더 4명과 여성 1명이 강도 혐의로 체포됐다.

그들은 늦은 밤에 공원을 주무대로 이용해서 남자를 골라 자신들의 가슴을 입으로 애무하도록 유도했다. 그런데 젖꼭지에는 마취제가 묻어 있었고, 남자들이 곧 정신을 잃으면 강도짓을 시작했다고 한다.

2000년 6월에는 3명의 젊은 콜롬비아 여성들이 같은 혐의로 경찰에 체포됐다.

그들도 젖가슴에 강력한 약물을 발라서 사람을 유인한 후 지갑이나 귀금속 그리고 차를 훔친 혐의를 받았다. 콜롬비아 경찰에 따르면 이런 범죄는 특히 관광객을 대상으로 많이 벌어진다고 한다.

남편 청부살해 대가로 10년간 오럴섹스 제안

1994년 미국 시카고에 살던 주부 위니 수퍼슨은 남편을 죽이기 위해 살인청부업자를 고용하려고 했던 혐의로 체포돼 재판을 받았다.

그녀는 자신의 결백을 주장하면서 남편이 죽었으면 좋겠다고 이웃에게 말했던 것도 홧김에 그랬던 것뿐이라고 해명했다. 그런데 비디오테이프가 증거물로 제시되면서 그녀는 더 이상 발뺌 할 수 없는 처지가 된다. 테이프에는 위니 수퍼슨과 살인청부업자, 그리고 수퍼슨의 부탁으로 이들을 연결해 준 남성 등 셋이 모여 대화하는 장면이 담겨 있었다. 수퍼슨은 제발 남편을 죽여 달라고 하소연했으며 사례금이 부족하다면 자기가 10년 동안 매일 오럴섹스를 해줄 수도 있다고 제안했다.

살인청부업자는 황당해 하면서 거래를 거절했다고 한다.

여성챔프 고환 제거수술

　1996년 애틀란타올림픽을 앞두고 브라질의 중량급 챔피언이던 19세 여성 페르난데스 다 실바는 고민을 깨끗이 털어버릴 수가 있었다.

　이상하게도 남성 호르몬 수치가 높게 나타나는 것이 그녀의 오랜 고민거리였다. 덩치가 크고 힘이 좀 센 편일뿐 자신은 태어날 때부터 생물학적으로 틀림없는 여성이었는데 말이다.

　병원을 찾은 그녀는 비밀이 자신의 가랑이 사이에 숨어 있다는 사실을 알게 됐다. 완전히 형성되지 않은 작은 고환이 몸 속에 존재했던 것이다. 페르난데스 다 실바는 올림픽을 앞두고 고환 제거 수술을 받았다. 도핑검사에서 혹시라도 부적격 판정받는 일을 피하기 위해서였다.

　고환 제거 수술 후 그녀는 이제 진짜 여자가 되었다며 환하게 웃었다고 한다.

'가슴 · 바지 체포영장' 엉큼한 경찰

　1992년 미국 플로리다의 웨스트 팜 비치에서 발생한 사건이다. 데이비드라는 이름을 가진 25세의 경찰관이 시민을 상대로 부적절한 행위를 하다가 고소를 당하고 직장까지 잃게 되었다.

　그는 오토바이를 타고 다니는 여성을 붙잡아 세우고 가슴을 내보이라고 요구했다. 방금 터진 은행강도 사건의 여자 공범이 오토바이를 타고 도주했는데, 그 여자의 가슴에 빨간 문신이 있으니 부득불 확인할 수밖에 없다고 속이고 말이다.

　3개월 동안 수 십명의 여성을 상대로 은밀한 쾌감을 즐기던 데이비드는 꼬리가 길어져 들통이 나고 말았다.

　그런데 피해자 중 2명의 여자는 바지를 벗어야 했다고 진술했다. 데이비드는 은행 강도의 허벅지에 문신이 있다고 속이기도 했던 것이다.

암말에 오럴 유혹한 변태남자 쇠고랑

1994년 미국 애리조나 주에서 41세의 한 남자가 경찰에 긴급 체포됐다. 그는 한밤중에 주립 대학의 농업연구센터 건물로 잠입해 암말을 유혹하다가 들켰다.

이 남자는 1시간 가량 말을 쓰다듬고 당근 여러 개를 먹이면서 친해진 후 드디어 페니스를 말의 입에 물리려던 순간 대학 직원에게 발각돼 쇠고랑을 차는 신세가 됐다.

그런데 대학농업연구센터의 연구원은 사전에 발각돼 체포된 것이 남자에게는 오히려 다행이라고 말했다. 암말이 남자의 페니스를 당근인 줄 알고 물어뜯었을 가능성이 높기 때문이었다는 것이다.

팀 밀리자 고환 잡은 럭비선수에 징역형

 1993년 뉴질랜드에서 열린 한 럭비 경기장에서 루디 크라이튼이 소속된 팀이 계속 밀리고 있었다.

 승부욕이 강하기로 소문난 루디 크라이튼은 분을 참지 못했다. 급기야 상대팀의 스타 플레이어에게 돌진해 고환을 손으로 꽉 움켜쥐고 늘어졌다. 불의의 일격을 당한 상대팀 스타 플레이어는 실려나갔고, 결국 루디 크라이튼의 팀은 승리했다.

 얼마 후 열린 재판에서 상대팀 선수를 1주일 동안 입원하게 한 크라이튼은 3개월 징역형을 받았다.

 크라이튼은 경기에 몰두하다가 발생한 우연한 사건일 뿐이라고 주장했지만 판사는 루디 크라이튼이 계획적으로 고환을 공격했고, 피해자가 하마터면 생식 능력을 상실할 뻔했으니 유죄라고 판결했다.

못말리는 '라이벌 심리'
'미인과의 외도'는 OK?

많은 여성은 라이벌이 미인일 경우에는 남편을 용서할 의향이 높다고 답했다.

2000년 말 이탈리아의 심리학자들이 500명의 여성을 대상으로 조사한 결과, 남편의 정부가 아름다울 경우 용서하거나 잊어 주겠다고 답한 비율이 20%에 달했다는 것이다. 그 조사는 외도 중인 남편이 꼭 유의해야 할 사항도 밝혀냈다. 남편이 외도 사실을 제 3자에게 누설한 경우 여성들은 상당한 우울증에 빠진다고 했다.

즉 지적이고 예쁜 여자를 골라서 바람을 피우고, 친구에게도 절대 발설하지 말아야 나중에 아내에게 들키더라도 화가 적다는 말이 되겠다.

엄마가 아들·딸 모아놓고 섹스교육

세계적인 콩가루 집안에 대한 이야기다. 1997년 1월 버지니아 주의 우드브리지에서 35세의 여성이 어린이 성학대 혐의로 체포됐다. 그 여성이 성학대한 대상은 놀랍게도 9세인 그의 아들이었다. 그녀는 아들 그리고 15세인 딸과 35세의 딸의 애인을 모아놓고 여러 차례 노골적이고 구체적인 성교육을 시켰다고 한다. 도대체 왜 이런 짓을 했을까. 여성은 자신이 절대 변태가 아니라고 주장했다. 이 혼탁한 세상을 살아가야 할 아이들이 혹시 못된 인간들에게서 잘못된 성 정보를 배우게 될까 두려워서 자신이 직접 나선 것뿐이라고 항변했다.

한편 이 여성은 체포될 당시 손자를 둔 할머니였다. 15세 난 딸이 애인과의 사이에서 아이를 낳았던 것이다.

변태의 끝은 파멸·····성 노예 계약 검사 파면

1995년 5월 뉴욕 록랜드 카운티의 지방검사 한 명이 사임했다. 한 여성과 3년 동안 지속했던 은밀한 관계 때문이었다. 평범한 성관계였다면 힘들여 얻은 검사직을 포기하지 않아도 됐을 것이다. 문제의 지방검사가 더 이상 공직을 수행할 수 없었던 것은 너무나 독특한 그의 성격 취향이 들통 났기 때문이다.

지방검사와 3년간 관계를 맺었던 여성 캔 그리비츠는 "검사와 자신이 '성 노예 계약서'를 작성했다"고 밝혔다. 그런데 희한하게도 그리비츠가 아니라 검사가 노예였다. 검사는 모욕과 학대를 받는 데서 쾌감을 느꼈던 것이다. 그리고 검사는 침대에서는 여자 역할을 했다고 한다. 자신을 "나쁜 년"으로 불러 달라고 했으며, 그리비츠의 옷장에는 검사가 성행위 때 즐겨 입었던 여성용 비키니 팬티와 황금빛 미니스커트 등이 가득했다고 한다.

'성당에서 성행위' 용서한 성직자

　1992년 2월 네덜란드 슬라이스 지방의 성당에서 일어난 사건이다. 경건하게 예배를 보던 사람들과 성직자들은 쿵쾅거리는 소음 때문에 신경이 곤두섰다.

　여자의 낮은 신음 소리가 들리기도 했다. 신도 몇몇이 성당 내부를 뒤지기 시작했는데 고해성사실 커튼을 젖혀보니 남녀가 뒤엉켜 섹스를 하고 있었다.

　황당한 사실은 그들이 불륜 사실을 고해하기 위해 성당에 들렀다가 일을 저질렀다는 것이다. 너그러운 성직자들은 이 남녀를 경찰에 신고하지 않고 풀어줬다고 한다.

매춘단속 경찰이 '공짜 매춘'

  매춘 함정수사를 벌이다 낭패를 본 경찰스토리다. 1996년 4월 미국 콜로라도의 한 도시에서 경찰 대변인은 세간의 의혹이 사실이라고 고백하는 브리핑을 해야 했다.

  경찰들은 매춘 행위를 단속하기 우해 사복차림으로 거리와 술집을 돌아다니다가 성관계를 대가로 돈을 요구하는 여성을 현장에서 검거하는 작전을 자주 폈는데, 이상하게도 매춘부 검거율을 높이지 못했던 것이 문제였다. 시민들은 뭔가 구린 커넥션이 있다고 의심하지 않을 수 없었다.

  경찰의 자체조사 결과 경관들은 자신을 유혹하는 매춘부를 검거하기는커녕 회가 동해서 화대를 지불하고 섹스를 하는 일이 많았다는 것이다. 일부는 검거 협박을 하면서 공짜로 즐겼다고도 한다.

'아내에게 채운 수갑' 열쇠 잃어버린 사디스트

　2001년 6월 어떤 독일 남자가 호텔 침대에 아내를 묶어두었다가 수갑 열쇠를 잃어버리는 바람에 경찰과 소방대원이 출동하는 소동이 벌어졌다. 36세의 이 남자가 31세의 아내를 침대에 묶어둔 이유는 좀더 자극적인 성행위를 즐기기 위해서였다.

　아다시피 파트너를 묶는 것은 변태섹스의 가장 초보적인 방법이다. 먼저 경찰이 호텔로 출동했다는데 경찰은 아무리 찾아도 맞는 수갑 열쇠가 없어서 소방관에게 도움을 요청한다.

　결국 소방관이 긴급 출동해 수갑을 절단할 수밖에 없었다고 한다.

노출증 남자 넷 누드 소동

1994년 3월과 4월 두 달 동안 미국 인디애나 주에서는 총 4명의 남자가 발가벗은 채 사고를 쳤다. 한 남자는 대형 할인점에 발가벗고 뛰어 들어와 불을 질렀다. 또 어느 지하철에서 휘발유를 뿌리며 공포 분위기를 조성한 남자도 발가벗은 상태였다. 고층 주거 건물이 밀집된 한 동네에서는 스스로 피자배달부라고 주장하는 한 남자가 발가벗은 채 어슬렁거리고 있었다. 그 남자는 담장을 넘다가 사타구니를 다친 상태였다고 한다.

마지막으로 한 공원 남자화장실에서는 매일 동안 남성의 누드 사진이 발견되었는데, 밝혀진 바에 따르면 한 남자가 자신의 누드 사진을 촬영해서 몰래 공중화장실에 놓아두었던 것이다.

이 네 명의 노출증 남자 중 지하철에서 휘발유를 뿌린 남자를 제외하고는 전부 검거되었다고 한다.

경찰관이 공원커플 협박

1995년 미국 휴스턴의 경찰관 산토스가 성폭행 혐의로 기소됐다. 28세의 혈기 왕성한 이 청년 경찰관은 한 밤중에 메이슨 공원을 순찰 중이었다. 숲 속에서 이상한 낌새가 나는 것을 포착한 그는 살금살금 다가가 남녀가 뒤엉켜 있는 현장을 발견했다.

남녀 커플은 누군가 다가오는 소리를 듣고 옷매무새를 고쳐 입은 것 같았다.

산토스는 황당한 협박을 했다.

공공장소에서 섹스를 하면 처벌 대상이라고 엄포를 놓고 둘이 섹스를 했는지 캐물었던 것이다. 산토스는 자신이 사실 확인을 위해 직접 여자 성기의 상태를 살펴보아야겠다고 고집하면서 바지를 벗기려 했던 것이다.

교통 마비시킨 포르노잡지 2천 권

    1992년 3월 미국의 도시 캔자스시티. 보통 때처럼 극심한 정체를 보이던 퇴근시간, 도로에서 트럭이 뒤집어지는 교통사고사 발생했다.

    그런데 주위의 운전자 수백 명이 차에서 뛰쳐나왔다. 사고를 수습하기 위해서가 아니었다. 문제의 트럭은 포르노잡지 재고분을 재활용 센터로 싣고 가던 중이었는데, 트럭이 전복되면서 길에는 약 2,000권의 노골적이 포르노잡지가 뿌려졌던 것이다. 퇴근하던 운전자들이 남녀 가릴 것 없이 포르노잡지를 건지기 위해 뛰어다니는 바람에 완전한 교통마비 상태에 빠졌다.

    사고를 수습하기 위해 급히 현장으로 출동한 경찰들은 무엇부터 손을 써야 할지 몰라 무척 당황했다. 포르노잡지 소유권을 놓고 운전자들이 대로에서 난투극을 벌이기까지 했기 때문이다.

"놀라운 테크닉으로 서비스"
엽기매춘 미국의 시의원 쇠고랑

1991년 미국 위스콘신의 뉴런던 시의원인 라일 크레이그 베인이 매춘 혐의로 구속됐다. 그는 여성들에게 상상만 하던 놀라운 테크닉으로 성적 서비스를 해준다며 팸플릿을 만들어 돌렸다.

팸플릿에는 단순한 데이트에서부터 키스 · 안마 · 오럴섹스 · 삽입성교까지 다양한 옵션이 가격과 함께 리스트로 만들어져 있었다. 참고로 삽입성교의 가격은 65달러였다. 그가 열심히 영업했음에도 고객은 단 두 명뿐이었는데, 그 중 하나는 신분을 숨긴 여경찰이었다.

베인은 자신은 돈만 밝힌 것이 아니라 남몰래 성적인 불만을 겪는 여자 시민에게 봉사하는 것도 목적이었다고 변명했다.

별난 보호관찰 처분

1994년 5월 위스콘신의 워소 지방에서 41세의 남성 잠스 본 아스가 어린 여자아이를 성희롱한 혐의로 보호관찰 처분을 받게 된다.

. 법원은 그의 성욕을 교정한다는 명목으로 상당히 황당한 명령을 내렸다. 성인 여성의 몸을 촬영한 포르노 잡지를 정기 구독하고 유료성인 채널에도 가입하라는 것이었다.

성인 여자의 나신을 보다 보면 어린아이를 탐닉하는 변태적 성향이 고쳐질 것이라고 법원은 기대했던 것이다.

그런데 잠스 본 아스는 자꾸 자위를 하게 돼 피곤하고 싫다면서 게으름을 피우다 결국 다시 투옥됐다.

포르노도 의무적으로 보면 고역인 모양이다.

☺ **포토 유머**

오천만원짜리 반지

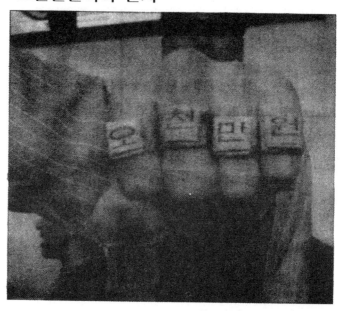

- 『일요신문』에서 발췌 -

4.
억세게 재수 좋은 사람들

대박 터뜨린 운좋은 사나이

경북 영주에 사는 김모 씨(50)는 폭설이 내리던 2003년 1월 27일 잭팟을 터뜨렸다. 이날 오후 8시 40분께 내국인 출입 카지노인 강원랜드 강원메가잭팟에서 2억 4900만원짜리 대박이 터진 것이다.

강원랜드 카지노에서 2000년 10월 28일 개장 이후 터진 최고 액수의 잭팟으로 2001년 10월 29일 대구에서 온 50대 서모 씨가 터뜨린 1억 8800만원짜리보다 6000만원 이상을 경신한 기록이다. 기본당첨금이 3000만원 이상인 강원메가잭팟에서는 그 동안 모두 75차례 잭팟이 터졌다.

김 씨는 이날 게임을 마치고 집으로 돌아가려다 마침 내린 폭설로 다시 돌아와 강원메가잭팟에 20만원을 투입해 2억원이 넘는 잭팟이 당첨되는 행운을 안았다. 눈이 내리지 않아 김 씨가 집에 돌아갔다면 그의 행운은 어떻게 됐을까. 김 씨는 "아내가 전날 여러 마리의 금붕어가 나타나 그 가운데 1마리가 펄쩍펄쩍 뛰는 꿈을 꿨다"고 말했다.

'인생역전' 성공한 사람들

　복권은 말 그대로 '복을 주는 종이'를 뜻한다. 당첨되기도 어렵지만 당첨된 사람들의 사연도 가지각색이다.

　미국 뉴욕의 제임스 크레이먼(50)은 37년간 우편배달부 생활을 해오다 복권에 당첨된 사람이다. 뉴욕 용커스시 록우드 96번가 식품점에서 복권을 구입했다. 복권의 번호는 단말기가 자동으로 선택해준 1·15·20·24·46·53. 이 번호가 2002년 6월 29일 뉴욕 로또 추첨에서 1등에 당첨, 크레이먼에게 1,800만달러를 안겨줬다.

　영국 이칼리슬에서 철공 일을 하는 데이빗 리틀(42)은 애견 '네오' 덕분에 팔자를 고쳤다. 같은 해 5월 29일 추첨에서 546만 파운드짜리 행운을 자신의 개 덕분에 잡았기 때문이다. 저녁마다 나서는 산책길의 신문 가판점을 지나던 중 자신을 잡아끄는 네오의 이상한 행동에 리틀은 2장의 복권을 샀고, 이것이 당첨됐다.

　평생 빵만 만들어 온 멕시코 이민자 매뉴얼 레이즈는 같은 해 6월 8일의 뉴욕 로또 추첨에서 2,400만 달러의 잭팟을 터뜨렸다.

멕시코식 옥수수빵인 토르티아 제빵공장에서 기술자겸 작업반장
으로 일하고 있던 레이즈는 당첨됐음을 확인하고도 야근조장이어
서 어쩔 수 없이 직장에서 근무했다고 한다.

레이즈의 당첨번호는 6 · 26 · 35 · 39 · 50 · 52였으며, 일시불로
1,190만여 달러를 수령했다.

3,780억원 복권 횡재

미국 웨스트버지니아 주에 거주하는 건설회사 사장인 앤드루 잭 휘태커(55) 씨가 세계 복권사상 최고액인 3억 1490만 달러의 복권상금에 당첨됐다고 미국 언론이 2002년 12월 26일 보도했다.

3개의 건설회사에 직원 117명을 고용하고 있는 휘태커 씨는 이날 파워볼 복권 당첨 기자회견에서 3억여달러의 당첨금을 29년에 걸쳐 나눠받는 대신, 한 번에 1억 7000만 달러를 현금으로 받겠다고 말했다.

연방 및 주 세금을 빼고 나면 1억 1170만 달러를 손에 쥐게 된다.

휘태커 씨는 자신이 다니는 '하느님의 교회'에 소속된 교회 3곳에 당첨금의 10퍼센트를 십일조로 바치겠다고 말했다.

당첨 소감과 관련, 그는 "집을 경비원들이 있는 고급 주택단지로 옮기겠지만 생활이 크게 변하지 않기를 바란다."면서 "나의 일생은 축복으로 가득 차 있다"고 말했다.

그는 또 "하느님이 그 기계로 하여금 내 번호를 고르게 해주신데 대해 감사하고 싶다"면서 "최근 경기가 좋지 않아 해고한 25명을 다시 복직시키겠다."고 덧붙였다.

책 속에서 찾아낸 엄청난 유산

　서점에 갔을 때 왠지 한 권의 책에 자꾸만 눈길이 가거나, 뭔가 재미있는 이야기가 있을 듯한 느낌이 드는 책을 만나게 되면, 그 책은 반드시 펼쳐 볼 필요가 있다. 그 책으로 인해 어떤 기묘한 일이 벌어질지 알 수 없기 때문이다. 운이 좋으면 이 이야기에 등장하는 주인공처럼 엄청난 유산을 얻게 될지도 모른다. 특히 평소에 거의 책을 보지 않던 사람이 그런 느낌을 받는다면 더욱더 그냥 넘어가선 안 될 것이다.

　프랑스에 사는 장 폴 라코는 편모 슬하의 가난한 가정에서 생활했다. 어느 날 장은 더 이상 학교에 남아 있을 수 없다고 판단하고 가출하여 로마를 향해 떠났다. 장은 바티칸 도서관에서 번역 일을 하는 아르바이트를 하기로 했다.

　그는 바티칸 도서관의 사서장을 찾아갔다. 사서장은 자리에 없었다. 할 수 없이 장은 도서실을 서성거렸다. 그 때 에밀 드 페브리에란 사람이 쓴 『동물학』이라는 책이 눈에 들어왔다. 마침 심심하던 참이어서 그는 좀 딱딱한 제목이긴 하지만 그 책을 읽기로 했다. 그리고는 곧 독서삼매경에 빠지게 되었다.

　뜻밖에도 그 책은 정말로 재미있는 내용으로 가득했다. 도서관에 온 목적을 잊어버릴 정도였다. 사서장을 만나러 왔다는 것을 다시 떠올릴 때쯤 그는 그 책의 마지막 페이지를 넘기고 있었다. 그런데 거기에 저자 에밀 드 페브리의 이름으로 된 메모가 적혀 있었다. 알아보기 힘들 정도로 작게 써 내려간 빨간색의 친필이었다.

로마의 키우스티자아 재판소를 찾아가서 번호 go201의 서류봉투를 청구하시오. 행운이 기다리고 있을 것입니다.

에밀 드 페브리에

간단한 내용이었다.

장은 이 글에 대해 흥미를 느꼈지만 누군가 장난을 친 것이라고 생각했다. 하지만 곧 생각이 달라졌다. 사실이 아니더라도 '믿겨야 본전'이 아닐까라는 생각이 들었다. 그는 재판소를 찾아가기로 마음을 고쳐먹었다.

재판소에 도착한 그는 내용대로 서류를 요청했다. 설마 했지만 그 번호의 서류가 거기에 있었다. 장이 봉투를 개봉하자 편지가 나왔다.

이 편지를 가지고 있는 분에게 나의 전 재산을 드립니다.

에밀 드 페브리에

편지는 페브리에가 자필로 작성한 유언장이었다.

페브리에는 자신의 저서 『동물학』에 대해 큰 자부심을 가지고 있었다고 한다. 그런데 사람들은 아무도 그의 책을 끝까지 읽어주지 않았다. 집안 사람들이나 친구들까지도 겉으로는 출판물에 대해 칭찬했지만 정작 그 내용을 읽은 사람은 한 사람도 없었다. 때문에 그는 자신의 모든 유산을 동결시킨 채 책을 끝까지 읽어주는 사람에게 그것을 주기로 작정하고 책의 맨 마지막 페이지에 메모를 남겼던 것이다.

이 무슨 기막힌 행운이란 말인가!

장은 그 길로 프랑스 영사관에 달려가 자초지종을 설명하고 협조를 구했다. 영사는 재판소와의 교섭에 나섰다. 그 때까지 페브리에의 유산은 재판소가 관리하고 있었다.

영사가 알아보니 페브리에는 4억 리라(lira)라는 거금을 유산으로 남겼다. 그런데 이탈리아 법률에 따라 페브리에의 유언은 효력이 없다는 것이 재판소측의 최종입장이었다. 가까운 친척이 아니면 유산을 줄 수 없다는 것이다.

엄청난 재산이 눈앞에까지 왔다가 일장춘몽처럼 사라져가는 순간이었다. 하지만 깊은 실망감 속에서도 장은 '페브리에'라는 이름이 왠지 낯설지 않다는 사실을 점차 깨달아가고 있었다.

결국 그는 어머니의 결혼 전 성이 '페브리에'였음을 생각해냈다. 죽은 형의 이름은 '에밀'이었고 괴짜 할아버지가 계셨으며, 그는 가족을 버리고 어디론가 사라져 버렸다는 이야기 등을 들은 기억이 희미하게 떠올랐다. 저자 페브리에는 바로 장의 외할아버지였던 것이다.

로마 최고재판소는 1926년에 에밀 드 페브리에의 유산을 페브리에의 딸, 즉 장을 홀로 키운 어머니에게 주기로 결정했다. 장이 무심코 선택한 책 한 권이 어머니와 자신의 현실을 180도 바꾼 셈이다.

기적의 사나이

 총알을 11발이나 맞고도 멀쩡히 살아난 사나이가 있다면?

 구멍이 송송 뚫린 모양으로 유명한 스위스 치즈. 미국 플로리다주 템파에서 피자 가게를 운영하는 마이크 로비(37)는 수 년 전 스위스 치즈라는 별명을 얻었다.

 자신이 운영하는 '루프 피자 그릴'에서 벌어진 총기 무장 강도 사건 때문이었다.

 미 주간지 『내셔널 인콰이어』지가 전해온 사건 개요는 다음과 같다.

 지난 2001년 10월 오전 8시20분 평소처럼 일찍 출근해 예약 상황을 체크하고 있던 로비. 그 때 갑자기 2인조 무장괴한이 들이닥쳐 권총을 겨누며 "있는 돈을 다 내놓지 않으면 머리를 날려버리겠어"라고 소리쳤다.

 정신이 아찔해졌지만 로비는 나름대로 기지를 발휘했다. 피자 가게를 운영하기 전 간호사로 근무한 경험을 살려 심장마비에 걸린 것처럼 발작 증세를 연기한 것이다.

 그러나 이 엉뚱한 재치로 인해 로비는 11발이나 총알세례를 받게 된다. 금고로 향하던 로비가 갑자기 쓰러지자 강도들은 지체 없이 방아쇠를 당겼다. 권총을 계속해서 불을 뿜었고 로비는 온

몸에 총구멍이 나는 것을 느꼈다고 한다.

신기하게도 의식이 희미하게 남아 있던 로비는 강도들이 나간 낌새를 채고 전화기 쪽으로 젖 먹던 힘까지 다해 몸을 움직였다. 순간 다시 황당한 일이 벌어졌다. 강도 중 한 명이 로비의 죽음을 확인하고자 다시 가게에 들어 온 것이었다. 강도는 로비의 배에 두 발의 총을 쏜 후 사라졌고, 강도가 다시 올까 두려웠던 로비는 이번에는 발로 셔터문을 내리고 간신히 911에 신고를 해 응급실로 이송될 수 있었다.

의사의 진단결과 창자에 구멍이 뚫렸고, 폐는 내려앉았으며, 뺨과 허리 엉덩이 등에 총알이 관통했고, 다리는 엉덩이부터 무릎까지 뼈를 조각조각 다 맞춰야 할 정도로 산산조각이 낫다. 그런데 신기한 것은 척추 근처에 여러 발의 총알이 지나갔지만 신경 손상이 없었다는 사실이다.

로비는 1개월 간 중환자실에서 치료받고 6개월 간 물리치료를 한 뒤 다시 현업에 복귀했다. 다행스럽게도 점포 안에 설치한 무인카메라에 사건 현장이 녹화돼 무장 강도들은 곧 체포했다.

가스 폭발에서도 살아난 럭키 보이

럭키 보이 빌 자밍턴(6세).

그를 아는 사람들은 그가 세계 제일의 행운아라는 데 의견의 일치를 보이고 있다.

그의 집에서 가스 폭발 사고가 발생했을 때의 일이다. 가스가 처음으로 폭발하자 침대에서 잠자던 그의 몸 위로 지붕이 털썩 무너져 내렸다. 그리고 연이어 발생한 두 번째 폭발 때 그는 그 자세를 그대로 유지하며 가까운 나무숲 속으로 날려갔다.

십중팔구 생명까지도 잃을 뻔했던 대형 사고였다. 그런데 운 좋게도 내려앉은 지붕이 방공호 역할을 했기에, 사고 후 폭풍으로 날아드는 가구나 건물의 파편을 막을 수 있었다. 이런 행운(?) 덕분에 빌 소년은 입 안을 조금 다쳤을 뿐 아무런 상처도 입지 않았다. 그를 발견한 구급 대원들은 이 믿을 수 없는 기적 같은 사실에 벌어진 입을 다물지 못했다.

빌의 부모의 말에 의하면, 이런 일은 처음이 아니라고 한다. 빌은 언제나 행운을 몰고 다니는 복덩어리라는 말도 빼놓지 않았다.

빌이 태어나던 날부터 행운은 이미 그의 곁에 와 있었다. 그날 그의 아버지는 아들이 태어난 기념으로 복권을 샀다. 그냥 운을 시험해 볼 생각으로 산 것이어서 별로 기대를 하지 않았는데,

2만 5천 달러에 당첨이 되었다.

네 살 때는 길을 가다가 우연히 순금 시계를 주웠다. 즉시 경찰에 신고했지만, 잃어버린 사람이 나타나지 않았다. 결국 그 시계는 아버지에게 돌아왔는데, 감정 결과 그것은 5천 달러나 나가는 것이었다.

또 다섯 살 때에는 차에 치일 뻔한 적이 있었다. 그런데 이번에는 차가 그의 몸을 치기 직전에 앞 타이어가 펑크가 나는 거짓말 같은 우연한 일이 일어났다. 차는 그의 눈앞에서 느닷없이 도로를 크게 벗어나 주차장에 처박히고 말았다. 현장에 있던 사람들은 꼼짝없이 아이가 차에 치였다고 생각했는데, 차만 찌그러졌을 뿐 아이는 멀쩡했다. 사람들은 그 광경을 여우에 홀린 듯이 바라보고 있었다.

빌을 잘 아는 마을 사람들은 그가 크면 라스베가스나 몬테카를로의 은행은 틀림없이 망할 것이라고 수군대고 있다.

그의 친척 한 사람은 다음과 같이 말했다.

"사람의 인생에 주어진 행운의 수는 누구나 같고 한도가 있다고 생각해요. 하지만 빌만은 그렇지 않은가 봐요."

빌의 행운이 앞으로도 계속해서 이어질지 궁금하다.

"시간은 4분! 돈을 갖고 튀어라"

'돈을 갖고 튀어라. 그러나 주어진 시간은 오직 4분!'

은행금고 속에 수북이 쌓인 현금을 4분 동안 마음껏 가질 수 있는 행운이 주어진다면 과연 얼마만큼의 목돈을 손에 쥘 수 있을까? 지켜야 할 조건은 주머니나 가방은 절대 사용할 수 없고 오직 손과 몸만을 이용할 수 있다는 것이다.

상상 속에서나 있음직한 이러한 일은 수년 전 미국 뉴욕의 맨해턴 한복판에 있는 케미컬 뱅크에서 실제로 벌어졌다. 케미컬 뱅크와 맨해턴 라디오 방송국이 공동으로 경품콘테스트를 개최하면서 우승자에게 정해진 시간동안 은행금고를 털 수 있는 전대미문의 특혜를 베푼 것이다.

미국의 주간 『이그재미너』지 최근호에 소개된 이 희대의 경품 시상 행사를 통해 행운을 잡은 주인공은 조세핀 로이드라는 가정주부다. 빳빳한 현금다발이 무려 1백만 달러나 쌓여있는 특설 금고 속에서 단 4분간 펼쳐진 돈 줍기 행사에서 그녀가 확보한 금액은 정확히 10만 1천 7백 달러였다. 긴박감 넘치는 '현금수거'의 현장을 숨죽이며 지켜 본 관계자들은 로이드 여인이 4분 만에 10만 1천 7백 달러나 되는 거금을 확보하자 일제히 환호성을 질렀다.

이날 경품행사는 로이드 여인이 맨손과 몸만을 이용해 금고 안의 현금을 정해진 위치로 나르는 방식으로 펼쳐졌다. 경기 시작 전 금고 속에 쌓인 현금다발의 높이는 자그마치 120센티미터. 만의 하나 주머니를 이용하는 부정행위를 막기 위해 착용한 평상복의 모든 주머니는 행사직전 바느질로 봉해졌다.

행사 시작 전 긴장의 빛이 역력하던 로이드 여인은 시작종이 울리자 돈 다발이 턱까지 차도록 양팔로 한 아름 안은 뒤 금고 밖으로 나르는 행동을 재빠르게 반복, 보는 이들의 경탄을 자아냈다. 160센티 정도의 작은 신장과 긴 팔의 이점을 충분히 살려 예상했던 것 이상의 목돈을 확보했다는 것이 관계자들의 평가다.

행사 직후 "경찰에 붙잡힐 염려도 없이 은행금고를 털게 될 줄은 꿈에도 몰랐다."고 말한 로이드 여인은 "흥겨운 행사를 통해 생각지도 않았던 큰돈을 상금으로 받게 돼 더없이 기쁘다."고 소감을 밝혔다. "스타트 종이 울리면서 처음으로 돈 다발을 한 아름 안는 순간 좋은 결과를 예상했다."는 그녀는 이어 타인에 불과한 자신의 행운을 즐겁게 지켜보면서 격려까지 해 준 사람들에게 고마움을 나타내는 것을 잊지 않았다.

전기기술자인 남편과 함께 4남매를 두고 있는 그녀는 "이번 횡재를 통해 자녀들의 대학 학자금에 대한 걱정을 말끔히 덜었다."고 덧붙였다.

"알고 보니 4억짜리"

느닷없이 돈벼락을 맞아 봤으면 싶은 사람은 지금이라도 벼룩시장을 샅샅이 뒤져보는 것이 좋겠다. 스페인 마드리드의 레지나 에스터라다 씨처럼 횡재하는 수도 있으니 말이다.

근착 미국의 주간지 선은 벼룩시장에서 4천원을 주고 산 그림이 알고 보니 4억원짜리라서 입이 함빡 벌어진 에스터라다 씨의 사연을 전해 흥미를 끈다. '줍다시피 한 물건이 엄청난 가치를 지녔더라!'라는 식의 이야기는 엄청난 복권에 맞은 얘기만큼이나 일확천금을 노리는 사람들의 마음을 뒤흔들어 놓았다.

더욱이 에스터라다 씨처럼 들인 돈이 몇 푼 되지 않을 때는 더더욱 그렇다.

에스터라다 씨는 얼마 전 벼룩시장에 갔다가 이상하게 마음을 끄는 그림을 한 점 발견했다.

잠옷차림의 아름다운 여인을 담은 인물화였는데 4천원이라는 값도 거저나 마찬가지였다.

그저 그림이 너무 예뻐서 사 들고 들어온 그녀는 아무래도 대수롭지 않게 취급해서는 안 될 작품 같다는 생각이 들어 전문가에게 보였다가 이처럼 횡재 사실을 알게 된 것이다.

그 그림을 4억원짜리라고 감정한 전문가들은 그것을 5년 전 바르셀로나에서 비극적인 자동차사고로 26살이라는 젊디젊은 나이에 세상을 뜬 어네스토 카라메의 작품으로 보고 있다. 그가 요절하자 많은 미술관계자들은 피카소의 뒤를 이을 전도양양한 화가를 잃었다며 매우 애석해 했었다.

18세부터 작품 활동을 했던 카라메는 비록 활동 기간이 길지는 않았지만 다작을 한 작가였다. 초기에는 풍경화에 골몰하다가 죽기 5년 전쯤부터는 인물화에도 손을 댔는데 이 여인상은 80년대 중반 그가 인물화를 시도하기 시작했을 때의 작품으로 보고 있다.

사인도 없는 이 작품을 카라메의 작품으로 단정하는 사람들이 많은 이유는 작품의 모델이 그의 다른 작품에도 자주 등장하는 여인이며 카라메 컬렉션에 이와 비슷한 작품이 소실된 것으로 알려져 있기 때문이다.

그러나 이 그림이 어떻게 마드리드 벼룩시장의 초라한 매물로 등장했는지에 대해서는 아무도 설명하지 못한다. 그저 그 그림의 소장자가 집에 그림을 걸어둔 채 사망했는데 유산을 정리하던 유족들은 물론 후에 그 집으로 이사 온 사람조차 그림의 가치를 몰랐기 때문이 아닌가 추리할 뿐이다.

평소 그림을 좋아했다는 에스터라다 씨는 "카라메에 대해 조금 알고 있었다."며 그래도 이렇게 엄청난 가격의 작품일 거라고는 상상도 안 해 봤다고 말한다. 그저 부르는 값보다는 약간 더 가치가 있을 것이라고만 생각했다는 것이다.

벌써부터 그녀는 이미 바르셀로나의 몇몇 화상들로부터 매매 의사를 타진 받았는가 하면 어떻게 소문을 들었는지 세계 각지의 컬렉터들로부터 전화문의가 쇄도하고 있고 심지어 그림을 보러 방문하는 사람까지 있다.

그러나 에스터라다 씨는 "이 그림 한 점이 날 백만장자로 만들어 줄 모양"이라고 즐거워하며 작품값을 좀더 올리기 위해 흥정 중이라고 밝혔다. 그녀는 또 자신에게 이 그림을 판 청년을 만날 수만 있다면 그가 깜짝 놀랄 만큼의 거금을 안겨 주고 싶다고 덧붙였다.

'집 팝니다' 팻말 박는데, 유전이 터져

감량 경영의 여파로 30, 40대 남성들의 조기퇴직이 많은 요즘 같은 해에 미국의 주간 월드뉴스가 전한 한 30대 남자의 일확천금 소식이 많은 이의 부러움을 자아낸다.

미국 텍사스 주 캘베스톤에 사는 래리 페리지 씨(37). 전기회사에서 일관 작업대의 근로자로 일하던 그는 94년 1월 그만 해고당하고 말았다. 바로 감량 경영의 여파 때문이었다. 이리저리 일자리를 알아보고 다녔지만 여의치 않아 실업자 신세를 면치 못 했던 그에게 나쁜 일은 몰려 닥쳤다. 아내는 '낙오자'라고 비웃으며 그를 떠났다. 그게 실업 후 6개월만의 일이었다. 다음 달에 자동차 할부금을 갚지 못 해 자동차회사에 차를 빼앗기고 말았고 저축은 바닥나 생계가 막막했으며 은행에서조차 원금을 갚을 길이 막막한 그에게 대출을 해 줄 리 만무했다.

결국 그는 자살까지 생각해 보았다. "용기만 있었다면 목을 맸을 겁니다."라는 그는 마침내 용단을 내렸다. 유일한 재산인 집을 팔기로 했다. 사실 그 동안 페리지 씨가 집에 들인 공을 생각하면 도저히 그럴 수 없었으나 입에 풀칠은 해야겠기에 독한 마음을 먹었던 것이다.

집을 사려고 몇 년 동안이나 근검절약한 끝에 지난 92년 구입한 이 집은 대지가 무려 3천 6백여 평이나 되는 널찍한 집이다. "구입 당시만 해도 여기에 대규모 쇼핑센터가 지어진다는 소문이 무성했어요. 그게 사실이라면 이 집을 팔아서 엄청난 시세 차익을 남길 수 있었죠."

그러나 소문은 소문으로 끝났다. 쇼핑센터는 들어설 생각도 안 했고 그 집은 마당 쓸기만 귀찮았을 뿐 큰돈이 되지 못했다. 그래도 자신의 피땀이 서려 있는 이 곳을 복덕방에 매물로 내놓고 돌아오는 길의 발걸음은 무겁기만 했다. 그게 96년 7월 하순의 일이었다.

'매물(For Sale)'이라는 팻말을 써서 땅에 박으려고 망치를 내리치는 순간 뭔가가 땅 속에서 분출돼 나왔다. 어안이 벙벙해진 채 '웬 온천?'하고 생각한 그는 자신의 눈을 믿을 수 없었다. 시커먼 물이 지상으로 뿜어져 나오는 것이 아닌가……. 텔레비전 연속극이나 소설을 보는 기분이었던 그는 잠시 후 정신을 차리고 '만세'를 연발했다. 그리고 흥분을 감추지 못한 채 지질학자를 불러왔다.

전문가는 분명히 유전이라고 밝혔으며 "지난 25년 동안 인근에서 발견된 유전 중 가장 규모가 큰 것"이라고 덧붙였다.

불쌍한 실업자 신세에서 졸지에 벼락부자가 된 것이다.

얼마 전 한 정유회사에 원유채굴권을 5천5백만 달러(4백40억 원)에 팔았다. 돈방석에 올라앉은 페라지 씨는 벌어진 입을 다물지 못 하며 "사람 팔자 시간문제죠!"라고 한 마디를 했다.

개러지 세일 횡재

창고에 있는 낡아빠진 물건들을 꺼내 차고 앞에 노점상을 차리는 것이 미국의 개러지 세일이다. 이 개러지 세일에서 줍다시피 산 물건이 알고 보니 고가의 물건이더라 하는 얘기는 심심치 않게 들린다.

그런데 미국 애틀랜타에 사는 앤 거슬리 부인(52)의 경우는 좀 다르다. 개러지 세일에서 단돈 10달러를 주고 산 구닥다리 진공청소기의 먼지 주머니에서 거금 1만 달러를 찾아낸 것이다.

근착 미국의 주간 선지에 따르면 장난꾸러기 세 아들 때문에 집 안이 말끔할 날이 없었던 거슬리 부인은 일손을 좀 덜어볼까 하고 이웃을 개러지 세일을 찾았다고 한다. 요즘 볼 수 없는 희귀종(?) 진공청소기이기는 했지만 먼지를 빨아들이는데 지장이 없을 것이라고 생각하고 그걸 샀다. 집에 돌아와 청소기에 매달려 있는 주머니를 치우려고 지퍼를 열었을 때 그녀는 그만 소스라치게 놀라고 말았다. 현찰이 마구 쏟아져 나왔기 때문이다.

처음엔 위조지폐라고 생각하고 버려 버릴까 하다가 남편에게 보여 주기로 마음먹었다.

직장에서 돌아온 남편 빌은 진짜 돈이라며 눈이 휘둥그레졌다. 물론 돈 욕심이 나지 않은 것은 아니었지만 평소 아들들에게 정직을 강조해 왔던 이들 부부였기에 경찰서를 찾았다.

그런데 경찰은 뜻밖의 결론을 내렸다. 이 청소기의 구입 경위와 전 주인 등을 조사한 후 이 돈의 소유자는 거슬리 부인이라고 밝힌 것이다.

경찰대변인은 "이 경우는 거리에서 물건을 주운 것과는 다르다. 10달러이든 1달러이든 간에 분명히 대금이 오고 간 거래이기 때문에 이 물건의 현 소유자에게 귀속되는 것이다"라며 전 주인은 팔 물건을 확인하지 않았기 때문에 1만달러의 소유권을 주장할 수 없다는 것이다.

이 청소기를 거슬리 부인에게 판 전 주인은 "지난번 개러지 세일에 내놨던 물건들은 돌아가신 고모가 쓰던 것"이었다며 고모가 살아생전에 은행을 신용하지 않았다는 얘기는 들었지만 돈을 청소기 주머니에 숨겨 두었으리라곤 생각하지 않았다며 한숨을 내쉬었다.

쓰레기통에서 주운 복권 15억원 당첨

"세상에 쓰레기통에서 주은 복권이 당첨되다니 믿어지질 않아요."

이 세상에는 재수 좋은 사람들이 많지만 헤미온 캐시 씨(53)만큼 재수가 좋은 사람은 드물 것이다.

근착 미 주간지 선에 소개된 그녀는 먹을 것을 찾아 쓰레기통을 뒤지다 복권이 눈에 띄어 보관해 왔는데 그 복권이 2백만 달러에 당첨됐다.

오스트레일리아 시드니에 살고 있는 그녀는 건설노동자였던 남편 제프 캐시 씨가 3년 전 작업 중에 사고로 사망하자 떠돌이 생활을 해 왔다. 나이까지 많은데다가 여자여서 아무도 그녀에게 일거리를 주지 않았다.

행운의 그 날도 그녀는 남편이 사망했던 곳 근처에 있는 조그마한 공원의 쓰레기통에서 먹을 것을 찾고 있었다.

"복권은 쓰레기통 속, 사람들 눈에 쉽게 띌 수 있는 곳에 떨어져 있었어요. 쓸모없는 복권일 거라고 생각했기 때문이겠지요."

그녀는 아무 생각 없이 그 복권을 호주머니 속에 쑤셔 넣었다. 그 후 며칠 동안 복권에 대한 생각을 잊고 있었는데 먹을 것을 찾아 도서관 주변을 맴돌다 문득 생각이 나서 숫자를 확인해 보기로 마음먹었다고 한다.

"당첨번호가 일치하기에 다시 날짜를 맞춰 봤어요. 누군가에게 속고 있다는 생각이 들 정도로 믿어지질 않더군요. 하지만 숫자와 날짜가 모두 정확한 것이었어요."

그녀는 시드니에 있는 주립 복권사무소에 그 복권을 가지고 갔으며 담당직원이 확인한 결과 당첨된 것이 확실했다.

"많은 사람들은 내게 재수가 좋았다고 말하고 있지만 나는 죽은 내 남편이 나를 그 복권이 있었던 곳으로 인도해 줬다고 믿고 있어요. 아마 내가 거리를 헤매면서 쓰레기통을 뒤지고 있는 것을 지하에서 보고 몹시 슬펐나 봐요."

그녀는 당첨금을 타서 제일 먼저 하고 싶은 일이 남편의 묘지에 화강암으로 된 커다란 묘비를 세우는 것이라고 말했다.

눈사태 피하다 금광 발견

누군가가 하루아침에 갑부가 됐다는 소식은 언제 들어도 배 아픈 이야기이다. 한 젊은 청년이 눈보라를 피하려다 대규모 금광을 발견, 돈방석에 올라앉았다는 근착 월드뉴스지의 기사도 마찬가지다.

억세게 재주 좋은 이 남자는 캘리포니아 주 오렌지카운티에 거주하는 27세(1996년 현재)의 브루스 잭슨 씨이다.

사진작가인 브루스는 얼마 전 자연풍광을 카메라에 담기 위해 시에라 네바다산맥의 험준한 산길을 지나다 갑작스레 거센 눈보라를 만났다. 한 치 앞을 분간할 수 없는 매서운 눈발에 그는 어쩔 수 없이 가던 길을 멈췄다. 가까운 민가라고 해도 30마일 정도나 떨어져 있었으니 선택의 여지가 없었다.

"조금 후에는 산사태가 시작됐고 어떻게든 그 곳을 피해야 했습니다."

가까스로 차를 몰고 나온 그는 운 좋게도 얼마 가지 않아 아구아 블랑코라는 낯익은 이름의 마을에 도착했다.

"아구아 블랑코는 1900년대 무렵 금광으로 크게 흥한 마을이었으나 20년대 말부터 황폐화 됐죠. 언젠가 폐허가 된 그 모습을 사진으로 남기고 싶은 곳이기도 했습니다."

지금은 개미새끼 하나 얼씬거리지 않는, 그 곳의 목조건물들은 대부분 붕괴된 상태였으나 다행히 모텔만은 그런대로 형태를 유지하고 있었다. 왠지 차를 공터에 남겨 두는 것이 불안했던 브루스는 차를 현관 입구로 몰고 들어갔고 뒤이어 로비의 마룻바닥이 무너져 내리는 굉음이 들렸다.

　"무의식적으로 차를 뺐어요. 조금만 늦었더라면……."

　그러나 정말로 놀라운 일은 그 다음에 벌어졌다. 뻥 뚫린 구멍 아래에 광산이 자리 잡고 있었던 것이다. 플래시를 들고 간신히 쫓아 내려가 보니 놀랍게도 터널 벽에서 금빛 광채가 눈부시게 퍼져 나오고 있었다.

　"단번에 금광임을 알아 볼만큼 터널벽이 온통 금밭이더군요. 어떻게 이런 광산이 그대로 방치됐는지 궁금할 정도였다니까요."

　일단 소유권 인정을 받은 브루스는 날씨가 풀리는 3월 초부터 본격적인 채광작업에 들어갔다.

　"누구나 한 번쯤 꿈꿔 보는 일, 느닷없이 그 꿈이 이뤄졌을 때의 기분이란……."

　단번에 백만장자 대열에 들어선 브루스 잭슨은 돈 걱정 안 하고 사진을 찍을 수 있게 됐다며 빙그레 웃었다.

'긁어 보니 27억원' 복이 터진 사나이

뒤로 나자빠져도 가지 밭에 얼굴을 묻고 넘어지는 과부가 있는 것이 세상의 일이다.

맑은 날 번개를 맞을 확률보다도 낮다는 복권에 두 번이나 당첨된 사람이 있어 화제다. 스키장으로 유명한 캐나다의 위슬러 지역에 사는 웨인 라일 씨(48)는 지난 2001년 11월 20일 자신이 구입한 복권이 총 2백 20만 캐나다달러에 당첨됐다는 사실을 통보받고 희열로 인해 터질 것만 같은 가슴을 진정시키느라고 애를 먹어야 했다. 너무나 기쁜 나머지 심장마비를 일으킬까봐 병원에 급히 입원하기도 했다. 그도 그럴 것이 그는 이미 1백만달러짜리 복권에 당첨되는 잭팟을 터뜨린 '전과'가 있기 때문이었다.

그가 이번에 구입한 복권은 암치료 재단이 기금마련을 위해 발행한 1백 달러짜리 복권 두 장 가운데 한 장이었다. 2년 전 1백만 달러짜리에 당첨된 것이 역시 병원에서 발행한 치료기금 마련 복권이었다. 그는 친한 친구가 암으로 병원에서 죽는 것을 보고 이 같은 병원 복권을 꾸준하게 사 왔다고 말했다.

그는 두 번째 당첨금을 현금으로 받지 않고 현물로 받게 되었다. 최고의 갑부들이 모여 산다는 벤쿠버의 샤네시 지역에 있는 약 2백만 달러짜리 저택이 바로 그것이다. 이 집은 약 6천 1백 8

평방 피트나 되는 초호화주택. 여기에 덧붙여 은색 메르세데스 벤츠와 현금 5만 달러를 부상으로 받았다.

그러나 라일 씨는 문제의 집과 자동차를 사용할지, 팔아 치울지에 대해서는 아직 결정하지 못했다고 말했다. 그는 1백만 달러짜리 복권이 당첨됐을 때 지금 살고 있는 위슬러의 작은 집과 자동차 한 대, 고급 브랜드의 옷을 장만했으며, 리조트회사의 판매 마케팅 책임자라는 직장을 버리지 않고 계속 일을 해 왔다.

그는 현재 독신으로 살고 있다.

☺ 포토 유머

찌식, 폼잡을 만하군!

5.
지구촌의 별난 민화들
(한국, 중국, 일본, 중동, 유럽 편)

가죽주머니

　어느 고을에 솜씨 좋은 갓바치(皮醬)가 아름답기 짝이 없는 아내와 함께 살고 있었다. 갓바치의 신발 만드는 재주는 워낙 섬세하고 정교하여서 주문이 끊일 사이가 없으므로 그의 처는 먹고 사는 걱정은 모르게 지냈으나, 한 가지 유감이 있었으니 남편의 물건이 너무나 작다는 것이었다.

　얼굴만 고왔지 바느질 솜씨도, 음식 솜씨도 형편없는 마누라였는데 어느 날 남편의 버선을 지었다. 갓바치가 버선을 신으려고 보니 너무 작게 되었는지라, 한두 번도 아니고 매번 그처럼 크거나 작게 짓는 것이 화가 나서 소리를 버럭 지르고는 심하게 꾸짖었다.

　"정말로 당신의 재주는 이상도 하오, 마땅히 좁아야 될 물건은 넓어서 쓸 수 없고, 이같이 커야 할 물건은 작아서 버선목에 발이 들어가지도 않으니……."

　갓바치의 처도 지지 않고 대들었다.

　"당신은 어떻구요. 당연히 커야 할 물건은 콩알만큼 작고, 작아야 할 발은 그처럼 넓적하고 크니 , 정말 어디에다 쓰겠어요?"

　둘의 다툼은 한동안 계속되었다. 갓바치의 이웃에 혈기 왕성한 한량 하나가 살고 있었는데 언제고 갓바치의 아내에게 손을 대어

보려고 벼르고 있었다. 그러던 어느 날 그는 한 꾀를 내어 갖바치의 집에 갔다. 마침 갖바치는 웃방에서 작업 중이었는데, 그의 아름다운 처는 아랫방에서 혼자 바느질을 하고 있었다. 사나이는 아랫방에도 들리게 큰 소리로 말했다.

"내가 이 곳에 온 것은 다름이 아니라 내 물건이 너무 커서 걸을 때마다 걸리적거려 불편하기 짝이 없어서 이 날 이 때까지 여러 모로 생각타가 한 가지 방법을 생각해 내어 당신에게 부탁하려는 거요."

갖바치는 호기심이 동하여 바싹 다가앉았다.

"사슴의 가죽으로 주머니를 만들어 그 물건을 넣고 끈을 매어서 허리에 걸고 다니면 어떨까 하는 생각을 해 보았소."

아랫방에서 바느질를 하던 갖바치의 처는 무한한 흥미를 가지고 웃방 쪽에 귀를 기울이고 있었다.

"여기서 부끄러워 어떻게 잽니까? 내가 집에서 재어 보았는데 몸은 둥글기가 두어 주먹쯤 되고 길이는 반 자 가량이요."

"그렇다면 말의 물건과 다름없으니 참으로 훌륭한 물건을 가지셨소."

밤낮 물건이 작다고 마누라로부터 불평을 듣던 갖바치는 그 사나이가 진정으로 부러웠다. 사나이는 입을 열어 말을 이었다.

"뭘 그쯤 가지고 그러시오. 그러나 일을 할 때는 과연 놀랄만큼 커지지요. 허허허……"

갖바치의 처는 그 말을 듣자 그런 사나이와 한 번 자 보았으면 소원이 없겠다고 생각하였다.

그 후 며칠이 지난 어느 날, 사나이가 보니 갖바치가 말을 타고 멀리 떠나는 게 아닌가.

"옳다 됐다!"

사나이가 밤이 이슥하여 갖바치의 집으로 갔더니 생각대로 그 마누라가 나오는데, 얼굴에 반기는 빛이 역력하였다.

"주인은 밖에 나가고 안 계십니다."

"아하, 그렇습니까? 실은 며칠 전에 내가 무슨 물건 하나를 맡겼는데, 이미 돈은 지불했으니 주인이 없어도 가져가라고 해서 왔습니다."

"네 알아요. 다 만들어져 여기 궤짝 속에 넣어 두었지요. 어서 이리 올라오세요."

여인은 눈으로 추파를 던지며 사나이를 끌어들였다. 사나이는 오랫동안 그립던 회포를 풀게 되었는데, 여인이 본즉 그렇게 장대하여 주머니 속에다 넣어 매달고 다녀야 된다던 사나이의 물건이 어찌 된 셈인지 오히려 제 남편의 것만도 못하지 않은가. 여인은 그제서야 사나이의 계책에 속은 것을 깨달았으나 이미 버린 몸, 쏘아 놓은 화살이요, 엎질러진 물이었다.

어쨌든, 그런 대로 일을 치르고 난 갖바치의 처는 가려운 데를 긁다 만듯한 기분 때문에 울적해 있었다. 하지만 남편 아닌 샛서방 맛이라 아무래도 남편과는 다른 맛이었기 때문에 그런

그래. 내가 만든 주머니가 잘 맞습디까?

좀 작은 듯하지만 그런대로 쓸만 합니다 그려

나원 참. 기가 막히는 군. 네까짓 놈의 물건이라면 그 주머니에 삼백 개가 들어가도 모자라겠다

대로 마음을 달래기로 했다.

　다음 날 갖바치와 그의 처가 볼일이 있어 이웃 마을로 가다가 그 사나이를 길에서 만나게 되었다. 갖바치는 멈춰 서며 물었다.

　"어제 내가 없는 사이에 와서 주머니를 가져갔다지요? 그래 잘 맞습디까?"

　"좀 작은 듯하지만 그런 대로 쓸 만합디다 그려"

　그러자 갖바치의 처는 입을 비쭉대면서 속으로 중얼거렸다.

　'나 원 참 기가 막혀서, 그 주머니 안에 네까짓 놈의 물건이라면 한 삼백 개가 들어가도 모자라겠다'

누구의 잘못?

    한 장사꾼이 다른 지방으로 돌아다니며 행상을 하다가 10여 년 만에 집으로 돌아가게 되었다.

    '10년이면 강산도 변한다니 마누라도 그 동안 퍽 늙었겠지. 그런데……'

    집이 점점 가까워질수록 의혹이 짙어갔다. 그 긴 세월동안 아내가 정조를 지키고 있었을 것이라고는 믿어지지 않았기 때문이었다.

    '그렇다면 시험을 한 번 해 봐야겠다.'

하고 생각한 그 장사꾼은 마을 입구에서 날이 어두워지기를 기다렸다.

    이윽고 땅거미가 짙게 깔리자 장사꾼은 숲 속에 숨어 얼굴에 숯칠을 잔뜩 해서 얼핏 보면 누구인지 분간하기가 어려운 얼굴로 모습을 바꾼 뒤에 주위가 고요해진 한밤중에 아무도 모르게 자기 집 담장을 뛰어넘었다.

    방의 등불이 꺼져 있고 숨소리가 새근새근 들리는 것으로 미루어 보아 그의 아내는 잠든 모양이었다.

    장사꾼은 살금살금 방 안으로 기어들어가서 잠자는 아내의 몸을 불문곡직하고 덮쳐눌렀다.

"어머낫! 이게 누구얏!"

아내는 소스라치게 놀라며 앙칼지게 외치면서 빠져나가려고 안간힘을 썼다.

장사꾼은 입을 꽉 다물고 더 힘을 주어 내리누르면서 못하도록 아내의 양손을 꽉 잡아 방바닥에 고정시켰다.

"아앗! 놔 줘요! 으흐흐흑⋯⋯."

아내는 울면서 호소했는데, 그러면서도 빠져나가 보려고 갖은 애를 다 쓰고 있었다.

그쯤 되니 장사꾼은 기분이 좋아졌다. 한데 그 정도에서 끝을 냈으면 모든 것이 좋게 되었으련만, 아내가 몸부림을 치는 모습에서 묘한 재미를 느낀 그 장사꾼은 끝끝내 아내를 놓아주지 않고 강제로 자기의 물건을 들이밀어 넣었다.

몸부림치기에도 힘이 다한 아내는 이윽고 맥을 놓고 기절하다시피 되고 말았다. 장사꾼은 오랫동안 괴었던 봇물을 터뜨리는 기분으로 마음껏 욕망을 풀었다. 그리고 아내의 배에서 몸을 내리자마자 기운이 다해서 벌렁 나자빠져서 숨을 몰아쉬다가 얼핏 잠이 들고 말았다.

오랫동안 객지에서 나돌다가 모처럼 집 안방에 누운 장사꾼은 포근한 분위기에 사로잡혀 깊은 잠 속으로 빠져들었다.

그가 잠이 들었을 무렵 아내는 비로소 제 정신을 차렸는데 그리고 헝클어진 머리와 옷매무새를 가다듬을 겨를도 없이 반짇고리에서 가위를 꺼내 사내의 물건을 싹둑 잘라 버렸다.

"으윽⋯⋯."

가느다란 비명소리가 짧게 흘러나왔는데 그 뒤로는 아무 소리도 들리지 않았다.

아내는 불을 켜고는 벌렁 자빠져 있는 벌거벗은 사내를 내려 보았다. 그는 이미 숨이 끊어진 것처럼 꼼짝도 하지 않고 있었다.

순간 아내는 '움찔' 놀랐다. 비록 더럽게 숯칠이 된 얼굴이었지만 아무래도 낯이 익었다.

그녀는 불길한 예감을 느끼며 황급히 사내의 얼굴에 묻은 숯칠을 수건으로 닦아 냈다.

"아악…… 이게, 이게 대체 어떻게 된 일이야."

아내는 세차게 고개를 내저으며 울음을 터뜨리고 말았다. 그것은 자나 깨나 그리던 남편을 제 손으로 죽인 아내의 눈물이었다.

놀랍고 두려워서 밤새도록 벌벌 떨기만 하던 그녀는 이른 새벽에 관가로 가서 전후사정을 자세히 이야기하고 처벌해 달라고 스스로 원했다.

그 이야기를 듣고 난 고을의 수령은 고개를 끄덕끄덕하더니 이윽고,

"너는 무죄이다. 어서 집으로 돌아가거라."

하고 한 마디로 판결을 내렸다.

여자는 하염없이 눈물을 흘리면서 고개를 푹 숙이고 있었다.

"돌아가거라. 그것은 너의 죄가 아니다. 얼굴에 숯칠을 하여 무뢰한으로 가장을 했다는 것부터가 남편으로서의 도리를 벗어난 것이다. 더구나 반항을 했는데도 놓아 주지 않고, 아내가 기절했는데도 돌보지 않았다는 것은 가히 짐승이나 할 짓이라고 말할 수 있다. 그것은 정절을 지키려다 저지른 일이니 상을 줄지언정 벌을 내릴 수는 없는 것이다."

하고 거듭해서 말하며 그녀에게 집으로 돌아가라고 일렀다.

남편을 죽이고도 오히려 열녀가 된 그 여인은 끝내 그 자리에

엎드려 대성통곡을 하고 말았다.

주지(住持)스님과 북

때는 음력으로 4월, 화사한 옷차림을 한 아름다운 여인들이 지분(脂粉)의 향기를 풍기면서, 하늘거리는 걸음걸이로 절(寺)로 찾아들었다.

온 절의 중들이 마음이 들뜨는 것도 무리는 아니었다. 평소에는 불도(佛道)를 닦기에 여념이 없고, 여색(女色)을 금한 출가(出家)의 생활인지라, 그처럼 아름다운 여인들이 모여들면, 그들의 춘정(春情)이 발연(勃然)히 일어나는 것도 당연한 일이라고 하겠다.

어느 유명한 절의 노주지(老住志)가 하루는 승려 전원을 모아놓고 훈계 말씀을 하였다. 승직(僧職)에 있는 몸으로서 불공을 드리고자 찾는 부녀에게 일을 저지를까 하는 염려 때문이었다.

"출가한 몸은 여색을 경계하는 것이 무엇보다도 엄격한 계율(戒律)이오. 그런데도 그대들은 여자를 보면 발정기(發情期)의 개처럼, 안절부절 못하니 그래서는 지옥에 빠진다는 걸 깊이 명심하여야 되오."

훈계 말씀만으로는 될 일이 아니었다. 그래서 여신도(女信徒)들이 가장 많이 절을 찾는 초파일(初八日)에는 노주지의 제안으로 묘한 장치를 하였다.

"우린 오늘 하루종일 법당에서 좌선(坐禪)키로 한다. 그리고 각자 바지 속의 앞부분에 자그마한 북 하나씩을 차기로 한다. 만약에 여색에 마음이 움직이게 되면 반드시 북이 소리를 낼 거야. 누가 진실치 못한가를 당장에 알 수 있단 말이지. 그러한 자에게는 물론 내가 벌을 주기로 하겠다."

물론 노주지 자신도 다른 승려들과 똑같은 장치를 하고 법당에 앉았다. 그러한 일을 알 까닭이 없는 여인들은 화사한 치맛자락을 펄렁이고 향기로운 냄새를 풍기면서 줄지어서 불전(佛前)에 참배를 했다.

하지만 '의(義)로운 일을 보고도 하지 않는 자는 용기가 없음이요. 색을 보고도 느끼지 않는 자는 사나이가 아니로다'라고 그 누가 말했었던가.

줄을 지어 앉아 있는 승려들. 처음엔 마음을 단단히 먹고 앉아 있었으나 아름다운 여인들의 채취에 몸이 근질근질해졌다. 한 구석에서 탕, 탕, 탕 하면서 북소리가 일어났다.

처음에는 소리가 작았으나, 이윽고 똑똑히. 그리고 여기저기서 북이 울리기 시작했다. 승려들의 그것이 춘정(春情)이 발하여 북을 치는 것이었다. 신성한 법당 안은 북소리로 요란해졌다.

때 아닌 소리에 여신도들이 의아해하며 중얼거렸다.

"저건 무슨 소리일까요?"

"스님들의 심장이 고동치는 소리겠죠. 스님들도 인간이니까요."

그렇게 호의적으로 해석해 주니 고마운 일이었는데 북소리는 더욱 더 높이 울리기만 했다.

그런데 노주지 한 분의 북은 전혀 울리지 않았다. 눈을 감고 앉아, 태연자약(泰然自若) 그의 몸은 꼼짝도 하지 않았다. 참으로 대오대철(大悟大哲)의 경지(境地), 뭇 승려들은 감탄할 뿐이었다.

"과연 주지 스님께선 대단하셔. 주지 스님의 심경은 바로 공허(空虛)뿐이다. 천한 여색의 잡념이 들어갈 여지가 없어. 북이 한 번도 울리지 않는단 말일세."

뭇 승려들은 자신들의 불심(佛心)이 부족함을 깊이 뉘우치면서, 주지 앞에 나아가 엎드렸다.

"북이 울리지 않는 연유를 말씀해 주십시오, 저희들도 빨리 주지 스님의 경지(境地)에 도달하고 싶습니다."

주지 스님이 이윽고 빙그레 웃으면서 말했다.

"수업(修業)의 차가 있을 뿐이로다."

그리고는 천천히 바지춤에 손을 넣었다. 북을 꺼내 놓으려는 것이었다. 그런데 어찌 된 일인지, 북이 무엇에 걸려서 나오지 않았다. 당황한 주지 스님은 황급히 가사와 바지를 벗었다.

"이게 웬일인가?"

주지 스님 본인도 깜짝 놀랐다. 그런 이변(異變)도 있을 수 있단 말인가?

바지 속의 북이 울리지 않은 것은 너무나도 당연한 일이었다. 노주지의 그것이 힘차게 북의 가죽을 꿰뚫고 안으로 돌입해 있었던 것이다.

그림자만 잡아라

비에대하국 자나타 왕성에 짐을 잔뜩 실은 대상(隊商) 5백 여 명이 줄지어 들어왔다.

이 성 안에는 원래 많은 창녀들이 살고 있었으며 다른 고장에서 상인들이 들어오면 온갖 술책과 계략을 다 써서 상품과 수중에 있는 돈을 모조리 털어내기로 유명했다.

이 때도 5백 명의 상인이 들어왔다는 소문이 나돌자 창녀들은 그들에게로 몰려 가서 갖는 아양을 다 떨어가며 유혹했다.

그런데 정작 상인들의 우두머리격인 사람은 대단히 조심스러운 사람이어서 창녀들 중에서도 가장 아름답고 능란한 미녀가 그를 흘리려고 열심히 따라다녔지만 끄덕도 하지 않았다.

'재물이 많기로는 저 놈이 제일인데 무슨 수를 써도 넘어가지 않으니 어떻게 해야 좋을까?'

생각다 못한 미녀는 여러 상인들을 자기 집으로 초대하여 많은 음식과 향기로운 술로 대접한 다음 말했다.

"여러분, 생각 좀 해 보세요. 여러분이 그렇게 고생을 하며 돈을 버시는 것은 모두 인생을 좀더 즐기기 위해서가 아니겠어요?"

그 말을 들은 상인들은 동감의 뜻을 표했다.

"암, 그거야 당연한 말이지."

"즐기기 위해서 버는 것이지 죽을 때 짊어지고 가자고 버는 건 아니네."

이미 술이 거나해서 창녀들을 하나씩 옆에 낀 상인들을 모두들 한 마디씩 하며 흥청댔다. 그러자 미녀는 더욱 은근한 목소리로 물었다.

"그런데 당신네 우두머리가 되는 그 분은 어째서 그렇게 벽창호지요?"

"왜, 아무리 유혹해 봐도 넘어가지 않던가?"

"넘어가지 않는 정도가 아니라 목석이더라니까요."

"그 양반 원래 너무 점잖은 척해서……."

"여러분이 좀 잘 권해 보세요. 꼭 부탁해요."

이 이튿날부터 상인들은 합세하여 여러 가지 말로 우두머리를 유혹해 보았는데 여전히 막무가내였다. 뿐만 아니라 어떠한 미녀일지라도 자기를 유혹하지 못한다는 것을 적이 자랑스러워했다.

그는 상인들에게,

"보게나, 자네들은 벌써 주머니가 비어 가지 않는가. 이제부턴 나처럼 정신 바짝 차리고 돈을 좀 모으도록 하게."

하고 일장 훈계까지 하였다.

상인들에게서 그 말을 전해들은 미녀는 얼굴이 빨개져서 입술을 꼭 깨물고 있더니 무슨 결심이라도 한 듯이 두목을 찾아갔다.

두목 앞에 앉은 그녀는 아무런 말도 하지 않고 계속해서 한숨만 쉬었다. 대단히 흡족한 얼굴로 그녀를 바라보고 있던 우두머리가 입을 열었다.

"어찌하여 그대는 그토록 수심에 싸여 있는 얼굴인가?"

"이 세상에는 슬픈 일들이 많기는 하지만 이 편이 그리워하는

데 상대방은 그것을 몰라주는 것처럼 슬픈 일이 또 어디에 있겠어요?"

그 말을 들은 우두머리는 껄껄 웃었다.

"그 말은 나를 두고 하는 말인가?"

"바로 맞추셨어요. 이 세상에 어쩌면 그렇게 냉정한 분이 계세요?"

"허허허……. 그대의 미모와 수완으로도 나만은 유혹할 수 없겠지?"

"흥, 그렇게 미리 뽐내지 마세요. 어떤 일이 있더라도 당신의 마음을 사로잡고야 말 테니까요."

"그래도 단념을 하지 않겠다는 말이군. 그러나 차라리 하늘에 가서 별이나 따오는 게 나을걸."

"만일 당신을 유혹한다면 무슨 상을 주시겠어요?"

"만일 그대가 나를 유혹할 수만 있다면 우리가 가지고 있는 말 중에서 가장 좋은 놈으로 다섯 필을 그대에게 상으로 주지. 그러나 그대가 나를 유혹하지 못했을 때에는 말 다섯 필에 해당하는 돈을 나에게 주든지 아니면 내 종이 되는 조건을 걸고 싶은데 괜찮겠나?"

"좋아요."

그렇게 해서 두 사람의 내기가 시작되었다.

여인은 며칠을 두고 별의별 수단을 다 써 보았지만 잔뜩 경계하고 있는 우두머리를 유혹할 수가 없었다.

우두머리는 여자의 유혹에 좀처럼 넘어가지 않는 자신이 대단히 자랑스러워 어느 날, 상인들과 함께 술을 마시다가 그 얘기를 해 주었다. 그 말을 들은 상인들은,

"원, 형님도 참으로 답답하십니다. 천하일색을 옆에 두고 재미도 못 보시다니 그런 어리석은 일이 어디에 또 있습니까?"

"재미를 보긴 봤지"

"예? 재미를 보셨다구요? 어떻게 재미를 보셨습니까?"

"허허, 너무 그렇게들 놀랄 필요까진 없네. 재미는 꿈 속에서 보았으니까 말이야, 핫핫핫……"

상인들로부터 그 얘기를 들은 여인은 손뼉을 치며 좋아하면서 우두머리를 찾아갔다.

'자, 이젠 약속대로 말 다섯 필을 제게 주세요. 당신은 제 유혹에 멋지게 넘어갔으니까요."

"아니 , 그게 무슨 소리지?"

"시치미를 떼는군요. 나하고 동침했다고 떠들고 다니면서!"

"내가 그대하고 동침을……? 아! 바로 그 얘기로군 핫하하…… . 이봐. 그건 다른 말이 아니라 꿈 속에서 그랬다는 것뿐이야. 생시가 아니라 꿈 속에서 말이야."

"그러니까 당신이 졌다는 거예요. 꿈 속에서건 어디에서건 나를 희롱했으면 당신의 마음은 벌써 제 유혹에 넘어간 거에요. 어서 약속대로 말 다섯 필을 내놓으세요."

그렇게 왈가왈부하다가 드디어 법정에까지 그 문제를 끌고 가게 되었다. 하지만 법관도 역시 어느 쪽이 더 옳은지 판결을 내릴수가 없었다.

실제로 동침하지 않았으니 유혹에 넘어간 것이 아니라는 사나이의 말도 옳은 것 같고, 유혹되었다는 것은 곧 마음이 동요했음을 의미하는 것이니 꿈이라고 할 지라도 유혹된 것이나 다름없다는 여인의 이론도 그럴 듯했다.

종일이 걸렸으나, 결국 판결을 내리지 못한 법관은 판결을 다음 날로 미루었다. 어찌해야 좋을지 몰라 침울해진 모습으로 집으로 돌아오니, 아내가 근심스러워 하는 얼굴로 물었다.

"왜 그렇게 어두운 얼굴로 돌아오시나요?"

그는 혹시 현명한 아내가 힘이 되어 주지 않을까 하고 그 날의 이야기를 들려주었다.

그러자 아내는 깔깔대고 웃으며 말했다.

"어쩜 그리도 꾀가 없으세요?"

"그럼 당신은 그 문제를 해결할 만한 좋은 생각이 있단 말인가?"

"그럼요. 우선 좋은 말 다섯 필을 끌고 연못으로 가서 거기서……"

하며 그녀는 남편의 귀에 무슨 말인가 속삭였다. 이튿날, 법관은 재판정을 연못가로 옮기고는 말 다섯 필을 끌고 와서 연못가에 주욱 세우게 했다.

법관은 먼저 우두머리에게 물었다.

"저 여인의 유혹에 빠지면 말 다섯 필을 주기로 했는가?"

"예"

"꿈에 이 여인과 동침한 것도 사실인가?"

"사실입니다."

"그럼 이제 여인에게 묻겠는데, 꿈에 동침한 것도 마음이 통한 것과 마찬가지로 생각한다면, 물에 비치는 그림자도 실지와 마찬가지로 생각하겠구먼? 그렇지?"

"그렇지요. 꿈이 곧 마음의 거울인 것처럼……"

여자는 망설이지 않고 대꾸했다.

"그렇다면 너는 저 말들의 고삐를 잡아라!"

그 여인은 기뻐하며 말에게로 뛰어갔다. 그러자 법관은 말했다.

"이 말의 고삐를 잡으라는 것이 아니라 물에 비친 그림자의 고삐를 잡으라는 말이다."

"예⋯⋯?"

"꿈의 대가는 꿈 같은 것으로 밖에 치를 수가 없지 않겠느냐?"

"⋯⋯"

여인은 법관의 말에 대꾸할 말을 찾지 못했다.

나무통 정사(情事)

　플로렌스의 가난하고 미련한 미장이가 어떻게 되어 그런 여복
이 터졌는지 젊고 귀여운 여인을 아내로 맞아 들였다. 한데 이
아내라는 여자가 몹시도 색을 좋아해서 제대로 설명하자면 남편
이 하나가 아니라 둘 쯤이라면 알맞을 형편이었는데, 마침 같은
동네에 여자 좋아하는 바람둥이 청년이 있어서 여지없이 눈이 맞
고 말았다.

　그들은 한 번 만나 어울린 후부터 피차에 잊을 수가 없어 매일
같이 오래도록 함께 있기를 원하게 되었으며, 결국 미장이인 그
녀의 남편이 일하러 나가는 것을 청년이 골목에서 지켜보다가 남
편이 완전히 사라지면 집으로 가서 늦도록 즐기곤 했다.

　처음 몇 번은 아무 사고도 없이 잘 진행되어 여자는 만족한 나
머지 볼에 통통하게 살이 오를 지경이 되었는데, 하루는 남편이
간 것을 확인하고 들어와 마악 꿈나라에서 헤매게 되었는데 황당
하게도 남편이 되돌아와 문을 두드리는 것이 아닌가.

　아내는 가슴이 철렁했지만, 그래도 만일을 몰라 문을 안으로
잠가 놓은 것만도 다행으로 여기고, 급히 청년을 방구석에 놓아
둔 나무통 속으로 들여보내고는 앙칼지게 소리쳤다.

　"뭣 때문에 이렇게 일찍 오는 거예요? 이러다간 굶어 죽고 말

겠어요. 세상을 좀 둘러 보세요. 애인을 셋씩 넷씩 거느리고 호사스러운 생활을 하는 여자들이 허다해요. 하지만 나는 한 번도 그런 적이 없잖아요. 이렇게 착한 아내를 두고도 일을 않고 어슬렁 어슬렁 돌아오는 당신의 속셈을 모르겠어요."

사나이는 여전히 문고리를 잡은 채 사정을 했다.

"여보, 내가 그런 걸 왜 모르겠소. 나는 당신이 나 없는 사이에 누구도 들이지 않으려고 이렇게 문을 걸어 잠갔다는 것도 안다고. 하지만 나가 보니 오늘은 휴일이라 어쩔 수가 없었소. 다행히도 거리를 지나오다가 어떤 사람을 만났는데, 그 분에게 우리 방 한 구석에 있는 그 나무통을 5지리아티에 팔았으니 얼마나 잘 된 일이오."

그것은 위기를 모면하기 위해 머리가 바쁘게 돌아가고 있는 아내에게 좋은 힌트를 주는 말이었다. 여인은 실로 좋은 꾀가 생각나서 비로소 문을 따 주면서, 들어오는 남편의 면전에 삿대질을 해댔다.

"이봐요. 그러니까 내가 화를 내잖우. 5지리아티라뇨. 나는 벌써부터 저 거치장스러운 물건을 팔려고 생각했는데, 마침 오늘 마땅한 분이 오셨길래 7지리아티에 팔았단 말예요. 그 분은 지금 통 속을 조사하러 들어가셨어요."

청년은 어떻게 되나 싶어서 간을 조이고 있었는데 그 말을 듣자 곧 통 밖으로 뛰어나와 남편의 존재같은 것은 무시하고 나무통 얘기만 했다.

"물건은 제법인데, 속에 포도 찌꺼기 같은 게 잔뜩 달라붙어 있어요. 손톱으로 떼어도 잘 떨어지지 않으니, 어떻하지요?"

그러자 미장이가 불쑥 나서서 연장을 내보이며 자기가 떼어 주겠다고 자랑스럽게 외쳤다.

남편이 통 속으로 들어가 작업을 시작하자 아내는 마치 남편의 일을 감시하기라도 하는 것처럼 어깨로 통 아가리를 둘러 싸고는 말하기 시작했다.

"이쪽에도 있어요. 여기도. 어머나, 저기도 있네"

그녀가 그렇게 잔소리를 하고 있는 동안 남편이 불시에 돌아오는 바람에 욕망을 채우다 만 청년은 통 아가리에 엎어져 있는 여자의 뒤쪽으로 다가가 굴레벗은 수말이 암내낸 암말을 덮치듯이 함께 엎어져서 불같은 욕망을 채웠다.

"아이. 저기도 있네. 어머, 이쪽에도……"

남편은 자기 아내가 어째서 그렇게 교성을 질러 가며 일을 시키는지 궁금했으나 어쨌든 우물쭈물하다가는 일찍 돌아오게 된 허물을 엄중히 문책 당할 것이 겁나서 잽싸게 손을 놀릴 뿐이었다.

남편이 작업을 다 마치고 통 밖으로 고개를 내민 순간은, 욕망을 흡족하게 채운 청년이 옆으로 떨어진 뒤였다.

여인 역시 흡족한 듯이 이마의 땀방울을 닦으면서 청년을 돌아보며,

"자, 보세요. 찌꺼기들이 모두 없어졌지요?"

하고 앙큼스럽게 소리쳤다.

"암요. 됐고 말고요. 나는 아주 충분히 만족했습니다."

청년은 그렇게 대꾸하고는 7지아리티를 그의 남편에게 지불한 뒤에 통을 어깨에 둘러메고 유유히 휘파람을 불며 돌아갔다.

그 날, 미장이는 일찍 돌아온 것에 대한 문책을 더 이상 받지 않았다.

6.
자연 이야기

거미

　거미와 관련된 이야기는 세계 곳곳에서 전해 내려오고 있다. 인도나 북아메리카 및 아프리카 원주민의 신화에서는 거미가 창조신 또는 영웅신으로 그려지며, 우리나라에는 거미가 집안에 나타나는 때를 기준으로 아침에 나타나면 기쁨(길조)이고, 저녁에 나타나면 도둑(흉조)이 든다는 속설과 요물 스러운 동물, 또는 사람으로 환생한다는 전설이 있다. 이처럼 무수한 이야기가 전해 내려오는 것은 거미가 지구상 어느 곳에나 존재하기 때문이다. 지금까지 전 세계에 3만여 종이 서식하고 있는 것으로 알려져 있지만, 거미 연구가 미흡한 열대 밀림지역의 나라들까지 염두에 둔다면 약 10만여 종이 지구상에 존재할 것으로 내다보고 있다.

　이 중 우리나라에는 약 600종이 분포하고 있는 것으로 알려졌다. 집 주변이나 산과 들, 심지어는 물 속에서도 거미를 발견할 수 있는데, 주로 화려한 색깔과 무늬를 가지고 있는 것부터 단순한 색의 나무 무늬를 갖고 있는 것까지 생김새가 다양하여 매우 흥미롭다. 거미는 땅거미와 물거미처럼 일정한 곳에 머물러 사는 거미가 있는가 하면 사는 곳이 일정하지 않고 둥지를 가지지 않으며 돌아다니다가 먹이를 발견하면 잡아먹고 사는 거미가 있고, 공중에 거미줄을 치고 먹이를 잡아먹는 거미가 있다. 거미의 그

물망은 거미의 종류에 따라 모양이 다양하며, 거미가 지붕 위에서 번지점프 하듯 떨어지고, 사냥하고, 먹이를 거미줄로 칭칭감고, 다른 곳으로 날아가는 등 사용 용도에 따라 무려 아홉가지나 된다고 하니 정말 놀라운 일이 아닐 수 없다.

더욱 놀라운 것은, 거미 꽁무니에서 나오는 거미줄이 인류가 만든 가장 강력한 섬유 '케블라'와 같은 굵기로 비교해 볼 때 더 강도가 높다고 한다. 그래서 미국 해군은 낙하산 줄이나 방탄조끼에 필요한 강력한 섬유를 만들기 위해 거미줄을 연구하고 있으며, 몸 속에서 녹아 없어지는 수술용 봉합 실을 만드는 연구도 진행 중이라고 한다.

지네

지네는 징그럽고 괴상하게 생겼으며, 각 마디마디에 1쌍씩의 다리가 있는 절지동물이다. 예로부터 지네는 생김새가 괴상하여 두려움의 대상이 되었고 신의 상징적인 동물로 숭배를 받기도 했다.

전해 내려오는 민담에서 지네가 지하의 신이나 지배자로 자주 등장하는 것을 볼 수 있는데, 신당에 지네를 모시고 매년 처녀를 재물로 바쳤다는 충청북도 청주의 <지네장터>와 천년 묵은 지네가 인간이 되려다 법당에 피워 놓은 향내음 때문에 인간이 되지 못하자 그 앙갚음으로 요괴가 되어 승려를 매일 한 사람씩 잡아 먹었다는 전라북도 순창에 있는 강천사 전설이 유명하다.

하지만 지네는 동식물이나 농작물을 해치지 않는 유익한 동물로 분류되고 있다. 큰 놈이라야 겨우 10센티미터에 불과하며, 턱 다리에서 나오는 독은 작은 거미나 곤충을 잡아먹을 정도의 독성밖에 있지 않아 전설 속에 나오는 무시무시한 존재는 근거가 없는 이야기라고 말할 수 있다. 하지만 왕지네와 같은 큰 지네에게 물리면 심한 통증을 느끼며 물린 곳이 부어오른다.

지네는 일반적으로 산 속의 낙엽이나 흙, 썩은 나무 껍질 속이나 어둡고 축축한 지하실 등에 살고 있는데, 특히 밤나무 밑에 많이 살고 있다. 한편 '동의보감'과 '향약집'에는 병을 치료하는 수단과 약효를 기록하고 있는데, 경련, 중풍 등에 효과가 있는 것으로 알려져 약재로 쓰이고 있다고 한다.

한약재를 팔고 있는 약재상에서 징그럽게 생긴 벌레를 수 십 마리씩 묶어 팔고 있는 것을 볼 수 있는데, 이것이 바로 지네이다.

송충이

송충이는 솔잎을 갉아먹어 소나무에 큰 피해를 주는 해충이다. 주로 우리나라와 중국, 시베리아 등지에 분포하고 있는데, 생김새는 누에와 비슷하고 흑갈색을 띠며 온몸에 털이 나 있습니다. 손가락 만한 크기의 송충이는 보기만 해도 끔찍하다.

요즘은 소나무 송충이를 찾아보기 힘들지만 70년대 중반 이전까지만 해도 송충이의 피해가 극심했었다. 소나무 한 그루에 송충이 반, 솔잎 반이라 해도 과언이 아니었는데, 송충이의 피해가 심한 나무는 자라지도 못하고 끝내 죽어버려 막대한 피해를 주었다.

그래서 학생들은 물론 군인과 공무원들이 송충이를 잡을 수 있는 집게와 담을만한 깡통을 들고 매일같이 산으로 동원되었다.

늦가을이 되면 나무 기둥에 짚인 가마니 조각을 싸매어 유충이 추위를 피해 그 속으로 들어올 수 있도록 했는데 이듬해 기온이 따뜻해지기 전에 짚이나 가마니를 걷어내어 그 속에 숨어 있는 유충을 불태워 죽이기도 했다. 송충이 피해에 대한 기록은 『조선왕조실록』에 처음으로 기록되고 있다. 1703~1704년(숙종 29~30) 송충이의 피해가 극심해지자 피해를 줄여보려고 군사를 동원하여 잡아보기도 하고, 불경을 외워 액막이를 해보기도 했다는 것이다.

이렇듯 송충이는 오랜 세월 동안 자연을 해친 해충인데, 그 동안 방제를 꾸준히 해 온 결과 송충이의 피해를 크게 줄일 수 있었고, 지금은 찾아보기조차 어려울 정도로 자취를 감추었다. 그런데 이런 이야기를 아시는지?

송충이가 가득 들어있는 커다란 항아리에 죄인을 집어넣는 것이 세상에서 가장 무서운 형벌이라는 것을······.

개미

　개미는 땅 속이나 고목 등에 집을 짓고, 마치 사람과 같은 사회 생활을 한다. 현재 전 세계에 약 15,000종이 있으며, 특히 열대지방에 많이 서식하고, 우리나라에도 해발 1,500미터 지역까지 다양하게 분포하고 있다. 이 모든 개미들이 군집생활을 하며, 보통 한 집에 5,000마리가 여왕개미를 주축으로 함께 살아간다. 개미 사회는 저마다 하는 일이 다르다. 여왕개미는 일생 동안 알만 낳으며 숫개미는 여왕개미와 짝짓기를 한 후에 바로 죽고, 일개미는 부지런히 먹이를 모으고 알과 애벌레를 키우는 일을 하며, 병정개미는 둥지를 지키는 등 각자 맡은 일을 충실히 하면서 살아간 개미는 단 것, 기름진 것, 밀가루 음식, 식물, 동물 등의 먹이를 찾아 먼 곳까지 돌아다니는데, 돌아올 때는 자신이 떨어뜨려 놓은 '페르몬'이라는 질의 냄새를 맡고 집으로 찾아온다.

　일반적으로 개미는 신통력 있고 부지런한 곤충의 상징이다. 옛날 사람들은 개미가 줄지어 이사를 가거나 개미가 집 입구를 막으면 장마가 진다고 했다. 또한 자기 몸보다 몇 배나 더 큰 먹이를 옮기는 데서 개미는 근면하고, 힘이 센 곤충으로 상징했고, '부지런하기가 개미와 같다'라는 속담을 만들어 냈다. 이런 연유로 개미는 여러 우화에 주인공으로 등장하고 있는데, 여름철에

부지런히 일하여 먹을 것을 저축한 개미가 노래만 부르고 놀던 베짱이에게 먹을 것을 나눠주며 훈계한 <개미와 베짱이>, 포수의 다리를 물어 위험에 처한 비둘기를 구해줬다는 <개미와 비둘기>, 구슬 구멍에 꿀을 바르고 개미허리에 실을 매어 구슬을 꿰었다는 <구궁주 실꿰기>등이 잘 알려져 있다. 그러나 꼬마개미, 애집개미, 흰개미 등과 같이 집 안에 침입하여 설탕이나 그 밖의 식품을 훔쳐가고 있으며, 진딧물이나 깍지벌레들과 공생하기 때문에 농업상의 피해를 주고 있다고 한다.

이

이는 흡혈 곤충으로 사람이나 가축 등의 포유류에 기생하며, 전염병을 옮기는 아주 해로운 곤충이다. 세계 각지에 널리 분포하며, 지금까지 알려진 것은 280종이나 된다. 말, 소, 돼지, 개 등에 기생하는 이는 몸 빛깔이 짙고 크며, 사람의 몸에 기생하는 이는 6미리미터 이내로 아주 작다.

사람에게 피해를 주는 이는 인간과 아주 깊은 관계를 갖고 있다. 지금은 거의 볼 수 없으나 1970년대 이전에는 매일 밤 잠자기 전에 화롯불 가에서 이를 잡는 진풍경들이 많았다. 특히 빈민굴이나 군대, 교도소 등에 이가 많아 이 곳에서 이가 옮겨왔으며, 발진티푸스, 회귀열 등의 전염병을 옮기기도 했다. 암컷 한 마리가 알 300개 정도를 낳으니까 온 집 안에 퍼지는 것은 시간 문제였다.

사람의 몸에 기생하는 이는 2종이 있는데, 옷 속에 붙어서 사는 몸 이와 머리털 속에서 죽을 때까지 사는 머리 이가 있다. 대체적으로 옷을 자주 갈아입지 않거나 머리를 자주 감지 않은 사람에게 이가 생기며, 몸 이는 남자 특히 노인에게 많고, 머리 이는 젊은 여성에게 많다.

이가 피를 빨면 몸과 머리가 가렵고, 긁으면 습진 등이 생기기

쉽다. 크림전쟁, 발칸전쟁, 제 1차 세계 대전에서는 이로 인한 사망률이 높았다고 한다. 하지만 이는 열에 약해 50도 이상에서 삶아 빨거나 드라이클리닝으로 세탁하면 완전히 잡을 수 있다고 한다.

메뚜기

　지구상에 존재하는 메뚜기는 방아깨비, 풀무치를 비롯하여 15,000여 종이나 된다. 메뚜기들은 대개 양지 바른 풀밭이나 작물이 무성한 논, 밭에서 살며, 주변 환경에 맞춰 보호색을 띈다. 강변 메뚜기는 자갈과 모래의 회색과 황갈색을 띄고 벼메뚜기는 벼가 익어 가는 모습에 따라 온 몸이 황갈색으로 변화하며 주변 환경에 자신을 보호하며 살아간다.

　메뚜기는 가을에 짝짓기를 하여 땅 속에 알을 낳는다. 이듬해 봄이 되면 알에서 애벌레가 깨어나는데, 몸이 작고 날개가 없을 뿐 어른벌레의 모습과 똑같이 닮았다. 바로 불완전 탈바꿈을 하기 때문이다. 먹이를 열심히 먹은 애벌레는 여러 번의 허물을 벗으면서 어른벌레가 되는데, 천적인 거미나 사마귀 등에 의해 많이 잡혀 먹히기도 한다. 메뚜기의 특징이라면, 뒷다리 근육이 잘 발달하여 벼룩에 버금가는 '높이 뛰기 선수'라는 것이다. 그래서 위협을 느끼면 우선 껑충하고 멀리 뛰어 달아나다가 다음 번에서야 날갯짓을 하고 날아간다. 또한 식욕이 강하여 농작물뿐만 아니라, 나뭇잎까지 먹어 치운다. 메뚜기 종류 중에는 혼자 이리 저리 뛰어다니며 떠도는 것도 있지만, 큰 집단을 이루어 날아다니면서 닥치는데로 갉아먹는 것도 있다. 대체적으로 이런 종류는 잘 날아다니는 풀무치라는 메뚜기인데, 수십 억 마리가 구름같이 몰려다니며 매일 수십 만 톤의 농작물을 순식간에 먹어 치우고 순식간에 어디론가 사라진다.

그러나 한동안 그렇게 기승을 부리며 날뛰던 메뚜기도 날씨가 추워지면 그대로 얼어죽는다. 그래서 때가 되면 별 볼일 없다는 의미의 '메뚜기도 한 철'이라는 말이 생겨난 것 같다. 1970년대 이전까지만 해도 논에만 나가면 콩 볶듯이 날뛰는 메뚜기들을 흔히 볼 수 있었다. 그 시절의 동네 아이들은 메뚜기를 잡아 강아지풀에 줄줄이 꿰어 집으로 가져와 볶아 먹곤 했다. 지금은 농약으로 인해 메뚜기들의 수가 급속히 줄어들어 이따금 눈에 띌 정도가 되었다.

가재

'가재는 게 편이다'

서로 같은 입장이나 끼리끼리 어울린다는 것에 흔히 사용하는 말입니다. 가재가 게처럼 커다란 집게 다리를 가지고 있어 이런 속담이 나온 듯 하다.

여기서 말하는 가재는 전 세계에 260여 종이 있지만, 우리나라에는 가재와 만주가재 두 종류뿐이다. 가재는 맑은 물이 흐르는 깊은 계곡의 상류에서 서식하며, 낮에는 가만히 돌 틈에 숨어 있다가 날이 어두워지면 활동하는 야행성 동물이다. 집게다리 2개를 포함하여 모두 10개의 다리를 가지고 있으며, 알은 어미가재의 배에 붙어 있다.

새끼는 주로 연한 물풀을 먹지만, 다 자란 가재는 특히 옆새우를 즐겨 먹으며, 물 속에 사는 곤충이나 물고기, 개구리 등의 시체도 먹는다. 새끼 가재는 어른이 될 때까지 여러 차례 허물을 벗는다.

몸이 커감에 따라 단단한 껍질이 늘어나지 않기 때문이다. 추운 겨울이 되면 가재는 겨울잠을 자는데, 물이 약간 고여 있는 구멍이 바로 가재가 겨울잠을 자는 장소이다. 이제 가재는 웬만한 계곡에서는 보기 어렵게 되었다. 사람의 발길이 많아지고 계곡 상류까지 물이 오염되었기 때문에 그 많았던 가재들이 점점 사라져 가고 있는 것이다. 한편 가재는 열을 내리게 하고, 붓기를 내리게 하는 민간요법으로 먹어 왔는데, 폐디스토마의 애벌레가 붙어살고 있으니 날로 먹는 것은 위험하다. 꼭! 익혀서 먹어야 한다.

굼벵이

굼벵이는 예전에 초가집의 썩은 이엉 속이나 흙 속, 두엄더미, 또는 농작물을 비롯한 각종 식물의 뿌리 근처에서 많이 볼 수 있었으나 지붕 개량이나 환경오염 등으로 찾아보기 어려운 곤충이 되었다. 요즘은 민속촌에 있는 초가집 지붕 속에서나 간혹 볼 수 있다고 한다. 검정 풍뎅이의 애벌레로 알려진 굼벵이는 웬만하게 깨끗한 환경이 아니면 살지 못하는데, 물에 비유하면 1급수 이상의 아주 깨끗한 환경에서 서식한다고 한다. 손가락 굵기에 우윳빛을 띤 굼벵이는 몸길이가 아주 짧다. 더구나 몸 앞쪽에 3쌍의 짧은 다리를 가지고 있어 움직임이 아주 느리다. 그래서 이런 굼벵이의 행동을 보고 말이나 행동이 느린 사람을 비유해 '굼벵이처럼 꿈지럭거린다'고 표현하고 있다. 언뜻 보기에 미련한 사람도 다 제각기 하나의 재주쯤은 가지고 있다는 뜻의 '굼벵이도 구르는 재주가 있다'는 속담도 등장했다.

한편 굼벵이는 각종 성인병과 당뇨 등에 탁월한 효능을 지닌 것으로 알려져, 한방에서 약재로 사용되고 있다. 때문에 굼벵이를 사육하는 농가들도 많이 등장했다.

맹충

맹충은 동물이나 가축의 등에 달라붙어 피를 빨아먹는 '등에'로 잘 알려져 있다. 등에는 파리의 일종으로 몸길이가 1~3센티미터이고, 동물의 피를 빨아먹으며 전염병을 돌게 하는 아주 해로운 곤충으로 분류되고 있다.

유충은 땅 속에 들어가 지렁이와 다른 곤충의 유충을 잡아먹으며, 수개월에서 1~2년의 유충시기를 거친 뒤 번데기가 되어 성충으로 태어난다.

반구형의 머리와 길쭉한 배의 형태로, 파리와 쉽게 구별할 수 있으며, 6~8월에 나타나 주로 낮에 야생 포유류나 가축의 피를 빨아먹는다. 지금은 잘 알려져 있지 않지만, 20~30년 전만 해도 소를 기르는 농촌에서는 골칫거리였던 곤충이다..

소와 같은 가축뿐만 아니라 사람까지도 수 차례에 걸쳐 공격하기 때문에 공포의 대상이었다. 소등에 한 번 달라붙으면 소가 깜짝 놀라 아픈 곳을 향해 소꼬리를 휘두를 정도였고, 통증 또한 오래 갔다. 아마도 등에의 맹독스런 공격력 때문에 맹충이라고 이름을 붙인 듯 한다.

이런 등에의 행동을 보고 선조들은 소중한 가축을 공격하는 못된 이미지가 형상화되었고 잔인한 해충으로 여겨 왔다. 또한 우

리 문화에서는 곤충 중에서 가장 사악하고 못된 이미지로 형상화
되었다.

빈대

빈대는 예로부터 사람이 사는 곳이라면 어김없이 등장하는 곤충이다. 때문에 빈대의 특성을 빗댄 '빈대끼다'라는 속어도 등장하고, 전라남도 순창 지역의 '빈대탑'과 충청북도 진천의 편각사 등 빈대에 얽힌 전설도 많이 전해 내려오고 있다.

몸길이가 약 5미리미터이고, 납작하게 생긴 빈대는 세계 각 국에 퍼져 있으며, 가옥 내의 가구나 벽 틈에 숨어살며 긴 주둥이로 사람의 피를 빨아먹는다. 빈대는 주로 밤에 활동하는데, 특히 새벽에 더욱 활발하게 활동합니다. 등을 켜 놓으면 벽 틈에서 기어 나오지 않으나, 계속 켜 놓으면 슬금슬금 기어 나올 때도 있다. 빈대가 있는지 없는지는 가구나 벽에 남긴 갈색의 분비물이나 빈대 특유의 불쾌한 냄새로 알 수 있다.

빈대에게 물린 곳은 가려움이 심해 자꾸 긁다보면 또 다른 피부병에 간염 되기도 한다. 빈대에게 많이 물릴 경우에는 밤새 가려운 곳을 긁느라 잠을 못 자기도 한다. 무엇보다도 가장 큰 피해는 빈대의 분비물에서 심한 냄새가 나기 때문에 불쾌감을 준다는 것이다.

빈대는 주로 중고 가구나 낡은 책, 옷 또는 여행 가방 등에 묻어 들어오는데, 빈대가 살만한 곳에 살충제를 직접 뿌려 잡는 것이 가장 효과적인 방법이다.

7.
해괴한 이야기 (스페인 편)

타라고나의 거벽

스페인의 바로셀로나와 발렌시아의 중간 지점, 지중해가 한눈에 바라보이는 곳에 험준한 산이 있다. 그 산 위에 로마인이 개설한 타라고나의 고도(옛 도시)가 펼쳐져 있다.

이 타나고나도 세계의 불가사의한 땅 중의 하나로 취급되고 있다. 아직 해결되어 있지 않은 많은 수수께끼를 가진 유적이 이 고도에 몇 개나 숨겨져 있기 때문이다.

그 대표적인 수수께끼는 성벽이다. 그것은 길이 3200미터, 높이

18미터의 거대한 벽인데 그 기초석의 크기는 놀랄 정도로 크다. 이것을 어떻게 하여 쌓아올렸는지 당시의 기술로 만들었다고는 도무지 상상할 수가 없다.

게다가 이상한 점은 이 주변에는 그 같은 커다란 돌을 캐낼 수 있는 곳이 전혀 없다는 것이다.

말하자면 인간의 기술이라고는 도무지 생각되지 않는 기괴한 건축물이다.

괴상한 소리를 내는 이상한 연못

'정말로 이런 이상한 연못이 있을까'라고 깊이 생각하게 하는 연못이 있다.

북서부를 흐르는 엘리아 강의 남안 파트다 마을에 밤이 되면 '퐁퐁'하는 소리가 나는 기분 나쁜 연못이 있는 것이다.

그 기분 나쁜 소리는 마을 안은 물론 이웃마을에까지 들린다고 한다. 이 연못은 또한 무서운 곳이기도 한다. 사람의 몸이 연못의 물에 닿으면 즉시 전신에 푸른 반점이 생기고 2~3일이 지나면 몸이 마비되어 움직이지 못하게 되고 만다는 것이다.

또 연못의 물은 푸른 부분과 빨간 부분이 있는데 밑바닥의 깊이는 전혀 알 수 없다고 전해지고 있다.

열풍이 부는 동굴

피레네 산맥에 있는 페루지트 산의 기슭에 옛날부터 사람이 접근하는 것을 금지시키고 있는 직경 1미터 60센티 정도의 동굴이 있다.

금지된 이유는 동굴의 입구에 서면 속으로부터 기분 나쁜 소리와 함께 굉장히 뜨거운 열풍이 대량으로 뿜어 나오고 있어 부상이나 심한 화상을 입게 되기 때문이다.

지금까지 모르고 접근했다가 그 열풍을 쏘이고 심한 화상을 입은 사람들이 수십 명을 상회하고 있다고 한다.

과학자들이 열풍이 일어나는 원인을 조사해 봤지만 아무리 해도 알 수 없었다고 한다. 이 산은 화산도 아니어서 어째서 열풍이 생기는지 매우 불가사의한 것으로 되어 있다.

환상의 황금의 묘

스페인에 전해지는 전설 중에서 특히 불가사의한 것은 환상의 황금의 묘에 대한 이야기일 것이다. 그것은 지금으로부터 300년 가까이 전의 일로서 당시 이 지방을 지배하고 있었던 왕의 딸이 11살에 죽었다. 슬픔에 빠진 왕은 그 딸의 나이에 맞추어서 11톤의 황금으로 묘를 만들었다.

게다가 왕은 세계 제1의 아름다운 묘로 만들어 딸을 장사지내 주려고 그 묘에 많은 보석을 파묻었다고 한다.

그런데 그 묘는 하룻밤 사이에 사라지고 말았다. 묘를 가지고 간 흔적도 땅속에 가라앉은 흔적도 없이 그 이래 행방불명이 계속되고 있는 것이다.

스페인에는 이 황금의 묘를 찾아 헤매는 사람이 몇 사람이나 있는 모양이다.

음악을 연주하는 커다란 바위

이 이상한 바위는 그라나다 지방의 주위에 살아 있는 나무들이 한 그루도 없는 작은 언덕 위에 있다. 바위는 높이 1미터 60센티 정도로 어른 두 사람이서 감싸 안을 정도의 것이다.

달이 있는 밤이 되면 이상하게도 이 바위가 하프와 같은 음색을 내며 음악을 연주하는 것이다.

스페인의 라디오프로에도 소개되어 녹음한 곡을 내보냈는데 그 소리를 들은 사람들 누구나가 바위에서 흘러나온 음악이라고는 생각하지 않았다. 바위에는 바람의 상태로 소리가 나는 것 같은 구멍이나 깨진 틈도 전혀 없다니 더욱 이상한 것이다.

수수께끼의 숲

무르시아 지방에는 안으로 들어가기만 하면 마지막, 최후・자석은 미쳐 버리고 개 등의 동물도 방향을 모르게 되고 만다는 수수께끼의 숲이 있다.

그 숲은 1평방킬로미터 정도의 그다지 큰 것은 아니지만 수목들이 울창하게 자라고 있어서 기분 나쁜 분위기를 풍기고 있다.

여기는 옛날부터 벌레 한 마리, 새 한 마리 없는 곳이라고 하며 사람들이 거의 접근하지 않는다. 조사를 위해 들어간 과학자도 있지만 자석도 미치고 말아서 가까스로 목숨을 건졌다고 한다. 그 과학자의 이야기에 의하면 숲 속에 들어간 순간 전신이 전기에 감전된 것처럼 마비되고 말았던 모양이다.

지워지지 않은 도료

리스본 교외에서는 수년에 한 번 하늘에서 새까만 도료같은 것이 쏟아지는 현상이 오랜 세월 동안 계속되고 있다.

최근에 내린 것은 1971년의 일이다. 코르타르와 비슷한 느낌을 주는 이상한 것으로 이 도료는 아무리 해도 지워지지 않는다고  한다. 그리고 그 위에 어떤 약품이나 도료를 칠해도 바로 떨어진다는 것이다. 또 냄새는 대단히 좋지만 피부에 묻으면 화상을 입게 된다고 한다.

과학자들이 여러 가지로 조사했지만 도료의 성분에 대해서는 결국 아무것도 알아내지 못했다. 다만 지구상의 것은 아닐 것이라는 의견이 있다니 세계의 7대 불가사의에 넣어도 좋지 않을까.

8.
핑크 수첩

선교사 체위(?)

17~18세기 유럽이 식민지 개척을 위해 전 세계를 점령하고 있던 시절. 남태평양의 폴리네시아에 도착한 식민지 개척단의 선교사들은 그 곳 사람들이 쪼그리고 앉아 행하는 체위를 보고는 깜짝 놀랐다. 그래서 '종교적으로 유일하게 인정받던 체위' 지금으로 말하면 정상 체위를 가르쳐 주면서 남자가 위에서 여자는 아래서 마주 보는 체위가 옳은 것이라고 가르쳤다. 그랬더니 그들은 그 체위를 '선교사 체위(미터issionary position)'라고 조롱했다고 한다.

그 당시 교회는 신자들의 성행위에도 깊이 관여했다. 심지어 'chemise cagouie'라는 두꺼운 잠옷을 개발하여 요긴한 부분에만 구멍을 내고 단지 그 구멍을 통해서만 씨를 뿌리도록 종용했다. 그러나 이 잠옷의 값이 제법 비쌌던지 교회는 이것을 구입할 수 없는 서민들에게는 자상스럽게도 앞에서 얘기했던 '선교사 체위'로만 관계를 갖도록 강조했다.

그 밖의 방법은 범죄로 간주되었으므로 다른 체위를 사용한 신자들은 신부에게 고해를 하도록 하였다. 고해할 때는 갖가지 체위가 기록된 책을 펼쳐 놓고 죄지은 체위를 찾아 신고하게 했다. 책에 있는 많은 체위 중 성적 쾌락이 클 것으로 여겨지는 체위일

수록 처벌이 무거워 가장 즐거웠던 체위에는 무려 17년이라는 엄청난 양의 형벌로 처벌하였다 한다. 성스러운 교화가 그렇게까지 자세하게 체위에 관심을 가진 것이 무엇을 뜻하는지는 모른다.

본디 체위라는 것은 첫째 분위기를 바꾸기 위한 목적을 가지고 있고, 둘째로는 삽입 시 다양한 질벽의 자극을 유도하기 위한 것이며, 셋째 체위를 바꾸는 시간동안 남성성기가 질의 자극으로부터 잠시 벗어나게 되므로 사정을 늦추게 돼 즐거움의 시간도 그만큼 길어지는 것이다. 그래서 남성성기는 음경이 굵은 것 보다 귀두가 크고 단단해지는 것이 여성의 성감을 증가시키며 조루에 도움이 되는 방법이라고 믿고 있는 것이다.

성행위가 인간의 생활에서 필요한 것인 한 서로를 만족시킬 수 있는 방법이 연구대야 할 필요성은 이론의 여지가 없다. 특히 중요한 것은 서로를 만족시켜야 한다는 사실이다. 사랑하는 사람이 서로가 서로를 위할 때 결국 나의 성도 행복해진다는 사실을 잊지 말자.

- 진세훈(성형외과 전문의)의 『성 사회학』에서 발췌 -

사창가의 화가 로트렉

파리 물랭 루즈의 무희들을 화폭에 옮긴 화가로 유명한 앙리 톨루즈 로트렉(1864~1901)은 150센티미터 정정도인 작은 키에 발육 부진이라는 핸디캡을 평생 동안 안고 살아야 했다.

사람들을 놀라게 할 정도의 그림 실력을 지녔지만 소재와 대상이 천하다는 이유로 그는 주류 사회에 들어가지 못했다. 스스로를 그리스 신화의 대장장이 헤파이토스와 비교하기를 즐겼던 로트렉의 주무대는 빨간 풍차가 돌아가던 물랑 루즈와 파리의 사창가였다.

형편없는 외모 때문에 20대 중반까지 동정을 지켰던 로트렉은 본격적인 그림 수업을 하면서 서서히 여자에 눈을 떴다. 친구의 주선으로 16세의 모델 마리에게 동정을 주어버린 로트렉은 2년 후에는 아예 몽마르트르에 있는 사창가로 거처를 옮겼다. 불구인 처지라 돈이면 무엇이든 해결되는 홍등가가 그에게는 오히려 안식의 장소였다.

'폭탄'이라는 별명을 가진 댄서 제인 아브릴은 로트렉에게 종종 누드모델이 돼 주었다. 양성애자이던 제인은 아무리 난해한 포즈라도 거절하지 않고 척척 소화해내는 천부적인 모델이었다. 로트렉은 그 후로도 매력적인 여성만 나타나면 모델이 돼 달라는 부탁을 서슴지 않았다. 여성들은 작은 키에 묘한 슬픔을 안겨주는 불구의 화가 로트렉에게 동정심과 옷을 벗어 던졌다. 사창가를 안식처로 삼은 로트렉은 화상도 사창가에서 만났으며 귀족도 그곳으로 불러들였다. 이런 로트렉을 창부들은 '무슈 앙리'라고 부르며 따랐다.

로트렉의 그림은 당시 사창가의 풍속을 담은 기록화 역할도 했다. 당시에는 금기사항이던 동성애자의 모습도 거리낌 없이 화폭에 담아냈는데 이런 그림이 전시되면 항상 파리의 경찰들이 전시회장을 지켰다고 한다.

로트렉은 여성의 보드라운 피부에 특별한 애착을 가졌다. 겨드랑이는 그가 가장 사랑한 부분이었다. 게다가 벗어 놓은 스타킹과 여성의 장신구들을 좋아하는 페티시즘 경향도 있었다.

그러나 홍등가의 여인을 사랑한 그에게 남은 것은 매독과 임질이었다. 심지어 그림에서조차 성병의 냄새가 난다는 비웃음을 산 그는 심한 고통을 잊기 위해 술에 매달렸다. 38세가 되던 1901년, 로트렉은 망가질 대로 망가진 몸을 견디지 못하고 숨을 거두었다.

미국인 사흘에 한 번 꼴로 섹스

27개 나라의 1만 8천 명을 대상으로 실시한 성생활 실태 조사에서 미국인들이 조사대상 중 가장 많은 연평균 1백 32회의 성관계를 하고 있는 것으로 나타났다.

미국의 콘돔 제조사인 듀렉스가 최근에 발간한 조사 보고서에 따르면 미국 다음으로 러시아인(1백22회), 프랑스인(1백21회), 그리스인(1백15회), 영국인(1백9회)등 순이었다.

전체 평균은 96회. 일본인은 37회로 조사 대상 국가 중 가장 적었으며 말레이시아인(62회), 중국인(62회)이 뒤를 이었다. 한국은 조사 대상에 들지 않았다.

가장 왕성한 연령층은 25~34세로 연평균 1백 13회였다. 45세 이상은 67회로 나타났다.

첫 경험 연령은 평균 18.1세였는데 현자 16~20세의 연령층은 평균 16세였으며 45세 이상은 18.9세, 25~34세는 18세로 나타나 갈수록 어려지는 경향을 보였다. 미국인(16.4세), 브라질인(16.5세), 프랑스인(16.8세)등의 첫 경험이 빨랐으며 중국인(21.9세), 대만인(21.4), 인도인(20.8세)순으로 늦었다. 상대한 사람의 수는 평균 8.2명이었으며 프랑스인(16.7명), 그리스인(15명), 미국인(117명) 순으로 파트너가 많았다.

옷 벗기는 고양이, 125명과 홀딱쇼

2000년 5월, 헐리우드 뒷골목에서 고양이 한 마리가 태어났다. 도둑고양이가 다 그렇듯이 아빠는 누군지 알 수 없었다. 태어난 지 7주쯤 되던 어느 날 먹이를 구하러 나간 엄마는 돌아오지 않았다. 며칠 뒤 이 불쌍한 새끼 고양이는 찻길을 건너려다 자동차에 받혀 두 다리가 부러지고 만다. 마침 마코 펠로티라는 남자가 우연히 지나가다 죽어 가는 새끼 고양이를 발견한다. 그는 다친 새끼 고양이를 거두어 정성껏 치료한 후 '톰'이라고 이름을 붙여주고 집에서 함께 살기 시작한다. 마코 펠로티는 성인물 사업에 종사하는 사람이었다.

모두가 알다시피 'pussy'는 고양이를 뜻하는 영어 단어다. 우리말로는 '야옹이'쯤 될까. 표준어는 아니고 일종의 유아어인 셈이다. 'pussy'는 또한 미국식 속어로 여성의 성기나 '성(性)적 의미가 강조된 여성'을 뜻한다. 톰의 양아버지 마코 펠로티는 'pussy'라는 단어의 두 가지 용례에 착안한 새로운 사업을 시작했다.

고양이 톰은 현재 인터넷에서 꽤 인기 있는 모델이 되었다. 톰은 아름다운 미녀들의 품에 안겨 날마다 사진을 찍는다. LittlGrayGuy.co미터는 말 그대로 'pussy'들의 홈페이지다. 길거리에서 불쌍하게 죽어가던 새끼 고양이 톰은 '벌거벗은 여자들과 함께 포즈를 잡는 것이 그리 나쁜 일은 아니었다. 하지만 때때로 잠을 설쳐야 했다……'며 능청을 떨 정도가 여유가 생겼다.

누드모델이나 포르노배우는 물론 사진작가, 성인물PD, 섹스사이트 편집자등 무려 125명의 아가씨들이 돈 한 푼 받지 않고 톰과의 누드작업에 기꺼이 임했다. 고양이가 아니었던들 결코 카메라 앞에서 옷 벗을 이유가 없는 여자들이 대부분이다. 때문에 이곳은 특히 아마추어 매니아들에게 큰 인기를 끌고 있다고 한다.

사진들은 상당량 무료로 서비스된다. 하지만 더 많은 수의 질 좋은 사진들은 유료다. 그래서 동물애호가 중에는 처음 톰을 발견한 순간부터 마코가 사업구상을 했을 것이라고 비난하는 이들이 있다. 마코는 이렇게 답한다.

"고양이는 세상에 넘쳐난다. 굳이 길에서 죽어가던 톰을 데려올 필요가 있었을까?"

그들은 계속 이렇게 공격한다.

"불쌍한 고양이가 아니었던들 당신이 어떻게 그 많은 여자의 옷을 공짜로 벗길 수 있었겠는가?"

그 속이야 알 수 없다. 다만 톰은 그 때보다야 지금이 행복하지 않을까? 지나친 의인화일까?

－『굿데이』에서 발췌 －

일본에서 급증하는 육탄 세일즈

'물건을 구입해주시면 저를 덤으로 드리겠습니다.'

장기적인 불황 때문인지 최근 일본에서는 이런 '야한' 광고문구가 자주 눈에 띄고 있다고 한다.

특히 채팅을 통해 알게 된 남성에게 접근해 '육탄세일즈'를 하는 여성판매원들이 급증하고 있다는 것이다.

회사원인 이토 히가시(36)는 지난 2001년 3월초 컴퓨터상에서 알게 된 여성(23)과 e메일을 주고받을 정도의 사이로 발전하게 되었다. 그런데 얼마 전 그녀가 "우리 회사 물건을 좀 구입해 달라."는 부탁을 해왔다. 고급샴푸 6개를 6만 엔에 판다는 말에 머뭇거렸더니 "샴푸를 사 주면 덤으로 나를 가질 수 있다."라며 유혹해왔다.

샴푸 값으로는 비싼 편이었지만 호기심에 수락하고 그녀를 만났다. 지극히 평범하고 얌전한 직장여성이었다. 두 사람은 물건을 주고받은 뒤 약속대로 호텔로 직행했다. 그녀는 회사가 판매실적이 부진한 여직원들에게 몸을 '무기'로 실적을 높이라고 강요하고 있다는 말을 털어놓았다.

인터넷을 통한 이런 '육탄판매'는 샴푸에만 국한되지 않는다. 영어회화교재나 보석, 정수기 등을 팔면서 '특별한 덤'을 주는 경우가 늘어나고 있다는 것이다.

　프리랜서 작가인 무라야마 요시오라는 사람은 얼마 전 뛰어난 미인으로부터 영어교재를 사 달라는 부탁을 받았다. 그 여성은 30만 엔(약 3백만 원)짜리 영어교재를 사 주면 매월 5시간씩 1년 동안 '자신을 마음대로 가져도 된다'고 제안했다. 풍만한 몸매를 비꼬며 유혹하는 그녀의 제안을 거절하는게 그리 쉬운 일은 아니었지만 무라야마는 그 때 일만 생각하면 지금도 안도의 한숨이 나온다. 잠깐의 실수로 두고두고 3백만 원을 카드할부금을 갚아야 할 뻔했기 때문이다. 전문가들은 특히 장기간의 '서비스'를 약속하는 여성들을 주의하라고 경고한다. 이런 여성들은 첫 만남을 끝내면 휴대폰의 번호를 바꿔버려 연락이 끊기는 게 보통이라는 것이다.

'속'까지 다 보여 드립니다

'화끈한(?) 버스 투어.'

2002년 12월 3일(한국시간) 독일 일간지 『빌트』는 인터넷에서 '누드 도시 관광버스'가 독일의 수도 베를린에 등장했다고 보도했다.

최근 운행되기 시작한 이 관광버스의 가장 큰 특징은 관광이 시작되면 여자 안내원이 옷을 하나씩 벗기 시작한다는 것이다. 버스는 브란덴부르크 문에서 출발해 베를린의 관광 명물들을 돌아보지만, 승객들은 창 밖으로 눈을 돌릴 새가 없다. 차안에서 훨씬 화끈한 나체쇼가 펼쳐지기 때문이다.

신문은 "베를린에는 브란덴부르크 문을 비롯해 유명한 볼거리가 많지만 베를린을 방문할 때마다 같은 풍경을 보는 것은 관광객들에게 형벌이나 같다"며 "누드 관광버스는 차창 바깥과 안에서의 즐거움을 동시에 선사한다."고 설명했다. 이 버스의 관광안내원 중 한명인 니콜(24)은 전직 육류 판매보조원. 3년 동안 에로틱 박람회에서 쌓은 경험을 바탕으로 현란한 쇼를 선보인다. 승객 올리(41)는 안내원 중 한명인 로모나(18)의 쇼를 지켜보며 "환상적이다"라고 말하면서 만족감을 감추지 못했다.

'성인용' 버스인 만큼 술도 마실 수 있다. 술은 맥주 1잔에 1유로(약 1,200원), 스미르 노프보드카 1잔에 2유로(약2,400원)에 판매된다. 모든 것이 허용될 것 같은 이 버스에서도 금지되는 행동이 있다. 다른 스트립바처럼 승객은 안내원의 동의 없이 안내원의 몸에 손을 댈 수 없다.

이 관광버스는 80좌석의 2층 버스로 관광시간은 3시간이다. 성인만 탑승할 수 있으며, 승차권 가격은 10유로(약 1만2,000원)이다.

움직이는 섹스 클럽 시끄러워 '철퇴'

　독일 베를린 시내에는 최고급 리무진에 고객을 태우고 고객이 OK할 때가지 섹스 파트너를 찾아주는 이색서비스를 해주는 업소가 있다.

　이 같은 독특한 서비스를 제공하고 있는 클럽은 스와핑 마니아 커플들과 부부들이 밤마다 모여드는 'Zwielicht'('음란한' '희미한'이란 뜻)란 이름의 난교 클럽이다.

　베를린 시내에 세 개의 업소를 갖고 있는 이 클럽에서는 리무진으로 손님들을 픽업해 밤새 세 업소를 돌며 이와 같은 서비스를 제공해 왔다. 그런데 이 독특한 서비스가 인근 지역 주민들의 민원의 대상이 되고 말았다. 밤새 차가 왔다 갔다 하는 소리와, 문을 열고 닫는 소음, 그리고 목욕 가운만 걸친 남성들이 클럽을 출입하는 모습 등, 밤마다 너무 소란스럽다는 이유로 지역 주민들의 민원이 빗발쳤고, 마침내 독일 지방법원에서 클럽 폐쇄명령이 내려졌다.

　구미에서 스와핑은 비교적 대중적으로 알려져 있는데, 그 설비 면에서는 우리의 상상을 초월한다. 이 클럽만 해도 맨몸의 남녀가 같은 잔에 술을 돌려가며 마시는 바부터, 사우나의 자쿠지, 센탠장비는 기본. 또한 난교가 벌어지는 플레이룸도 각양각색이다.

하늘하늘한 커텐이 드리워진 원형침대부터, 사방에 거울이 달리고 중앙에는 가죽그네가 매달려 있는 침실도 있다.

베테랑 여성이 난교 초보자들을 대상으로 교육도 실시하고 있으며, 남성동성 연애자들끼리 하는 난교 등 매 주말마다 이벤트들로 가득하다고 한다.

"여러분이 꿈꿔 본 모든 음란함이 현실의 꿈으로 이루어집니다. 왕따는 없습니다."라는 것이 이들이 내세운 선전 문구였다는 것이다.

9.
특별한 몸을 가진 사람들

가슴이~ 가슴이~ 계속 자라요

18세에 데뷔했을 때부터 '가슴'하면 어디 내놔도 결코 뒤지지 않던 일본의 아이돌 글래머 스타 고이케 에이코(22).

최근(2003년 초) 그녀가 아직도 성장을 멈추지 않고 있는 자신의 가슴에 대해 논란이 일자 이를 만천하에 공개하고 '정상유방 진단서'를 발부받아 화제다.

이유는 데뷔 초부터 나이를 무색케 했던 83킬로그램의 풍만했던 가슴이 4년 새 그만 91센티로 부쩍 더 커져버렸기 때문이다. 이를 수상히 여긴 사람들이 그녀의 가슴확대수술 가능성을 제기했고, 진상 파악을 위해 한 TV프로그램에서 진실조사에 착수했다.

검사는 방송국에서 일방적으로 지정한 병원에서 ① 의사가 직접 손으로 만져서 진단. ② 흉부 투시 촬영. ③ 초음파 검사를 받았다. 그러나 최종결과는 사람들의 기대(?)와 달리 100퍼센트 오리지널 고이케의 가슴이었다고 한다.

이로써 의혹을 샀던 가짜가슴 해프닝은 일단락됐다. 흉부 투시 촬영 때문에 자신의 가슴이 약간 처진 것을 들킨 것만 뺀다면 의혹이 깨끗하게 가신 데 대해 그녀는 아주 만족해했다고.

더 놀라운 것은 이런 소동에도 불구, 그녀의 가슴이 아직도 계속 자라고 있다는 사실이다.

죽은 사람 팔로 새 삶 찾았어요

오스트리아 펠트키르헨에 거주하는 경찰관 테오켈츠(48)의 양손은 겉으로 보기에는 그저 평범한 사람의 손처럼 보인다. 그와 악수를 해보면 보통 사람의 손처럼 따뜻한 온기도 느껴지고 혈색도 도는 것을 알 수 있다. 하지만 그의 양손이 사실은 죽은 사람의 손을 이식받아 접합한 것이라면 믿을 수 있겠는가.

지난 1994년 폭탄을 해체하다가 그만 불의의 사고를 당해 양손을 모두 잃은 켈츠는 6년 동안 의수를 한 채 생활해왔다. 다소 불편하기 했지만 그런대로 만족하고 있던 도중 죽은 사람의 팔을 이식받을 수 있다는 소식을 접하게 되었으며 곧 어려운 결심을 하게 되었다.

지난 2000년 인스부르크대학병원 이식전문의의 도움으로 한 뇌사 환자가 기증한 양손을 이식받는데 성공했다.

장장 17시간 반 동안 대수술을 거쳐 마침내 '살아있는'팔을 얻게 된 켈츠는 의식에서 깨어나 가장 먼저 기쁨의 눈물을 흘렸다고 한다. 이제 차고, 뜨겁고, 따가운 느낌을 손가락 끝으로 느낄 수 있다는 데 행복감을 느끼고 있는 그는 현재 믿을 수 없다는 듯 한시도 팔을 가만히 두지 못하고 있다.

하지만 모든 것에는 항상 대가가 따르기 마련이다. 혹시 발생

할지 모르는 거부반응에 대비해서 평생 독한 약물을 복용해야 하며 심한 경우에는 다시 팔을 분리해야 하는 최악의 경우도 전혀 배체할 수 없다고 한다. 지금까지 이렇게 팔을 이식받은 환자의 수는 약 15명이다. 켈츠처럼 양손을 모두 이식 받은 사람은 불과 4명뿐이다.

별난 몸 기구한 인생

일반인과는 다른 기이한 형태의 체형을 가진 사람을 가리켜 흔히 '기형인'이라고 한다. 1890년대 말부터 1970년대까지 미국에서 성행했던 '사이드 쇼'는 이런 기형인들이 벌이는 서커스로서 한때 미국 서민들 사이에서 가장 인기 있는 볼거리 중의 하나였다. 두 눈으로 직접 보지 않고는 도저히 믿을 수 없는 진기한 체형의 이 '기형의 스타'들의 인생을 재조명해보는 『충격적이고 놀라운 (Shocked and A미터azed)』이라는 흥미로운 책이 출간 되어서 다시금 화제를 불러일으키고 있다.

1. 다리 셋의 '여유'

사이드 쇼 역사상 가장 인기 있었던 스타는 다리가 셋 달린 이탈리아 출신의 프랑크 렌티니였다. 엉덩이에서 돌출되어 있는 세 번째 다리는 다른 두 개의 다리보다 약 15센티미터 가량 더 짧았으며, 생김새도 약간 달랐다. 하지만 그는 이런 자신의 핸디캡을 오히려 당당하게 활용하는 용기를 보여주었다. 수영을 하거나 축구를 할 때면 '다리가 하나 더 있으니까 유리하다'는 말로 여유를 잃지 않았던 것이다. 또한 그는 신발을 살 때면 늘 세 번째 다리를 위해 두 켤레를 사곤 했는데 항상 나머지 한 짝은 외다리 친구에게 선물할 수 있다는 점에 뿌듯해 하기도 했다.

2. 털보여인의 사랑

'몽키 걸'과 '엘리게이터 보이' 커플의 로맨스는 아직도 사이드 쇼 팬들의 가슴을 설레게 하는 아름다운 에피소드다. '몽키 걸'이라고 불렸던 페르실라 베하노의 별명은 여성인데도 불구하고 온몸에 잔뜩 나 있던 털 때문이었다. 심지어는 남성처럼 수염도 덥수룩하게 자랐기 때문에 그녀를 여성이라고 생각하기란 결코 쉽지 않았던 것이 사실이다. 이런 그녀를 따뜻하게 맞아주었던 사람이 바로 악어 가죽 모양의 피부를 가지고 있던 '엘리게이터 보이' 에미트 베하노였다. 사랑에 빠진 이 둘은 당시 서커스단을 뛰쳐나와 결혼식을 올렸으며, 그 후로 다시는 무대 위에 서지 않았다.

3. '하프걸'의 결혼 생활

이에 버금가는 인기를 누렸던 스타로는 하반신이 없어 '하프걸'로 통했던 지나 토마이니가 있다. 알코올 중독자였던 아버지의 손에 이끌려 3세 때부터 서커스 무대에 섰던 그녀는 결국 악덕 여성에게 팔려가 갖은 고생을 하기에 이른다. 하지만 진심으로 무대에 서길 좋아했던 그녀는 피나는 노력으로 다리 없이 춤을 추는 것은 물론 공중제비까지 돌면서 많은 사랑을 받을 수 있었다. 놀랍게도 그녀는 15세 무렵 약 2미터 4센티의 '거구' 남성을 만나 사랑에 빠졌으며, 무려 26년간 별 탈 없이 결혼 생활을 지속해 주위를 놀라게 했다.

4. 두 여인의 인생은 하나

등이 서로 붙어 있던 빅토리아, 데이지 힐튼 자매는 사이드 쇼 무대에서 최고의 인기를 구가했던 샴쌍둥이였다. 어려서부터 부모에게서 버림 받고 서커스단에 팔려가 생활했던 자매는 보통 여성처럼 나이트클럽도 가고 다른 사람과도 어울리는 등 지극히 평범한 생활을 누렸다. 한 차례 결혼도 하고 이혼도 했으며, 또 어이없게도 간통죄로 고소당하는 등 한 명의 여성으로서 파란만장한 인생을 살았다. 노년에는 식료품점을 운영하다가 1969년 61세의 나이로 세상을 떠났다.

초콜릿만 먹고도 날씬한 몸매

'초콜릿만 보면 못참아……'

하루 세 끼 꼬박 초콜릿만 먹고 산다면 분명 이상한 사람이다. 게다가 달디 단 초콜릿을 입에 달고 지내면서 날씬한 몸매까지 유지한다면 가히 해외토픽 감일 것이다.

근착 미국의 주간 『월드 뉴스』가 소개한 샤론 텔마이스터(34)는「초콜릿 다이어트(?)」로 건강과 매력적인 몸매를 유지하는 여성, 미모의 사탕가게 여주인인 샤론은 1897년 이후 아침부터 저녁까지 오로지 초콜릿만 먹고 지내 왔다.

"제 경우에 배가 고프다는 것은 곧 초콜릿을 먹어야 한다는 신호예요. 초콜릿 이외에는 도무지 당기는 게 없어요."

샤론의 초콜릿 메뉴는 의외로 다양하다. 밀크초콜릿, 화이트초콜릿 등 당도의 색깔이 조금씩 다른 숱한 초콜릿에다 초콜릿 케이크, 초콜릿 사탕, 초콜릿 푸딩, 초콜릿 우유, 초콜릿 시리얼, 심지어 초콜릿을 바른 샌드위치에 이르기까지 초콜릿의 맛과 향이 가미된 모든 음식이 샤론의 '밥'이다.

샤론이 하루에 먹는 초콜릿의 양은 0.9킬로그램. 초콜릿을 너무 먹어서 생기는 문제나 다른 영양소 부족 등 두 가지 부작용이 동시에 나타나지 않느냐는 질문에 샤론은 "아무 문제없다."고 잘라 말했다.

"의사들도 초콜릿 다이어트는 말도 안 된다며 말리지만 오히려 이렇게 좋은 때가 없다 싶은 걸요. 힘도 넘치고 피부도 좋아지고 못 믿으시겠지만 충치 하나 안 생겼답니다."

그녀가 초콜릿에 빠진 것은 87년 올해 열다섯 살인 딸아이를 임신했을 때였다. 어느 순간부터 초콜릿이 끌리더니 이후 먹고 마시는 것을 몽땅 초콜릿으로 단일화 했다. 담당 의사는 뱃속의 아기를 생각해 당분간이라도 초콜릿을 자제하라고 권유했지만 어쩔 수 없었다고 한다. 대신 비타민과 영양제를 보충, 다행히 건강한 아기를 얻었다. 딸아이는 엄마와 달리 지금도 아주 정상적인 식생활을 유지하고 있다.

샤론의 가게에는 사탕과 초콜릿 외에 달콤한 파이며 푸딩, 아이스크림등도 있지만 손님들에게만 권할 뿐 샤론은 초콜릿 외에는 맛도 안 본다.

그녀는 미소지으며 이렇게 말했다.

"글쎄요. 어느 날 갑자기 먹고 싶었던 것처럼 그렇게 갑자기 입맛이 쫙 달아난다면 모를까 그렇지 않고는 이 버릇을 못 고칠 것 같군요."

반세기 넘께 한숨도 못자고 멀쩡

불면을 경험하지 못한 사람도 며칠간 계속되는 불면이 얼마나 고통스러운지는 안다. 그런데 1555년 이래 반세기가 넘도록 한숨도 자지 못한 사람이 태연하게 일상생활을 하고 있다. 쿠바의 작물기능공 토머스 이스키엘드가 바로 그 미스터리의 주인공. 지난 29년 가까이 그의 주치의를 맡아온 가르시아 프레타스 박사에 의차면 그는 과학적으로 한숨도 자지 않는 사람이라는 것. 1970년 24시간 일착관찰 실험결과 그가 잠자리에 들어 눈을 감더라도 뇌파를 통해 본 뇌의 활동은 항상 깨어 있는 상태라는 것이다. 수면제를 투여해도 수면 비슷한 상태에 이를 뿐 잠은 들지 않는다고 한다. 주치의는 그가 13세 때 앓은 뇌염으로 수면 메커니즘이 파괴된 탓이라고 보고 있지만 본인은 편도선 적추수술 뒤부터라고 주장하고 있어 불면의 정확한 원인이 규명되지 않은 상태다.

역사상 최고의 여자 키다리

역사상 가장 키가 큰 여자는 신장이 얼마나 됐을까. 기록상 가장 큰 여자는 미국 미주리 주의 라 그 레인지라는 작은 마을에서 1872년 3월 4일에 태어난 엘라 어윙이라는 것이 전기 작가 베틀 윌리의 주장이다.

그에 의하면 엘라의 키는 8피트 4인치(2미터 54센티)에 달했다. 하늘을 찌를 듯한 키를 밑천으로 요즘처럼 농구선수로 큰 돈은 아니지만 나름대로 돈벌이를 하긴 했으나 심장병으로 40세에 사망했다는 것이다.

엘라는 10살 때에 키가 이미 어머니와 같은 5피트4인치(1미터 62.64센티)에 달했고, 12살에는 학교에서 최고 큰 키의 학생이 됐다. 13살에는 6피트2인치(1미터 87.88센티)인 아버지와 같아졌으며 16세 때 7피트(2미터 13.36센티)를 돌파해 훨씬 작은 어머니 아버지를 내려다보며 사진을 찍었다.

17살 때 시카고 박물관의 한 큐레이터는 이 「타워링 10소녀」에게 250달러를 줄 테니 한 달간 박물관에 자신을 전시하는 것이 어떠냐고 권유했다. 돈이 궁한 엘라는 이에 기꺼이 동의했고, 이후 그녀는 행사장, 서커스, 그 밖에 순회 쇼무대에 빈번히 등장했다.

그녀가 벌어들인 돈으로 가족들은 농장을 사고 엘라의 꿈인 큰 집을 지었다. 그 집은 문 높이가 9피트(2미터 74.32센티) 창문크기는 8피트(2미터 40.86센티), 침대는 9피트(2미터 74.32센티)로 각각 맞추었다.

엘라가 29살 때 『뉴욕월드』지는 엘라의 키가 8피트 4인치, 몸무게 264파운드(약 121킬로그램), 허리 47인치, 히프 50.6인치, 발 크기 16인치라고 보도했다.

일반인의 생각과는 달리 엘라는 1913년 1월 10일 40살의 나이로 사망하기 전 "이렇게 엄청난 큰 키를 주신 하느님께 감사했다"는 것이 월리의 주장이다.

몇 가지 이견도 있기는 하지만 엘라는 사상 최장신 여자라는 타이틀을 주지 않을 수 없을 것 같다. 키 8피트 4인치로 측정했다는 기록을 남겼다고 한다.

참고로 기네스북에는 오늘 날 최장신 여자는 7피트 7.3인치인 38살 난 샌디 앨런으로 기록되어 있다. 엘라보다 8.75인치(약 22센티)나 작은 키이다.

전갈 독사에게 항복받은 사나이

「기적의 데드맨 워킹!」

올해 37살인 해리 킹슬레이는 한 마디로 억세게 운 좋은 사나이다.

왜냐하면 100번도 넘게 치명적인 독충들에게 물렸으나 아직 목숨을 보존하고 있기 때문이다. 그것도 웬만한 이들보다 더 멀쩡하고 건강한 상태로……

근착 미국의 『선』지가 소개한 바에 따르면 해리의 지금까지 인생은 그야말로 파란만장한 「독(毒)과의 전쟁」 그 자체였다.

10살 때 맨 처음 검은 독 전갈에 물린 이후 해리는 방울뱀에게만 3번, 더 무섭다는 살모사에겐 2번, 독해파리에게는 수차례에 이어 잘 알려져 있지도 않은 각종 독충들에게 셀 수도 없을 만큼 많은 수난을 당하며 목숨을 지탱해 왔다.

물론 이렇듯 유난스럽게 독충과 인연이 깊은 데에는 그의 직업이 단단히 한 몫을 했다.

모험가였던 그는 반평생을 미국과 호주를 드나들며 국립공원지기 또는 산불감시원, 여행가이드, 해양탐험보조원 등을 하며 지냈다.

그러다 보니 아무래도 일반인들과는 달리 산속의 독충이나 물

속의 독어(毒魚)들을 접할 기회가 많았던 것이다.

그렇지만 해리는 최초로 독 전갈에 물려 목숨이 위태로웠던 경험을 한 이후로는 아무리 치명적인 독에 노출되더라도 죽지 않는 특이체질로 바뀌어 주위를 깜짝 놀라게 하였다.

스스로도 "아무래도 제 몸속에서는 어떤 독이라도 해독할 수 있는 독특한 면역체계가 생성돼 있나 봐요. 그렇지 않고서 어떻게 제가 지금껏 살아 있을 수 있겠어요."라고 반문할 정도로 독 면역성을 갖게 된 것이다.

그의 친구인 마틴 보이스도 해리가 독에 대해 갖고 있는 특이한 능력을 다음과 같이 증언하고 있다.

"한 번은 함께 미국 콜로라도 서부에 있는 산엘 오르는데 방울뱀이 그의 다리를 물었어요. 하지만 그는 놀라지도 않고 오히려 별것 아니라는 듯 웃어대더라구요. 물론 병원에 와서도 별다른 치료를 받지 않은 것은 물론이지요."

한편 전문가들도 해리의 이 같은 특이체질에 대해 어떠한 설명도 붙이지 못하고 있다고 『선』지는 전했다.

인간 잠수함

인간은 물 속에서 얼마 동안이나 버틸 수 있을까?

일본의 시사주간지 포커스 최근호가 소개한 이탈리아의 움베르토 페리자리 씨(30)가 세계기록 보유자이다. 그는 최근 지중해의 사르디니아 섬 근해에서 72미터까지 잠수해 들어가 7분 1초 동안 숨을 쉬지 않고 견뎌냈다. 그는 세계 잠수계에서 알 만한 사람은 다 아는 '인간 잠수함'이다.

그는 한때 '바다의 신'이라고 불렸던 자크 마이욜 씨(68)의 수제자이다. 자크 마이욜 씨는 영화 '그랑 브루'의 모델이 됐던 인물이지만 정작 그의 이름은 잘 알려져 있지 않다.

대개 인간은 물속 30~40미터까지 잠수할 수 있으며 물 속에서 숨쉬지 않고 3분정도 버틸 수 있다는 게 생리학적인 한계로 알려져 있다.

지난 60년대까지만 해도 해저 40미터까지 잠수하면 수압 때문에 폐가 파열되고 만다는 것으로 알려져 있었는데 그 당시 39세였던 마이욜은 라이벌과 경쟁을 벌여 60미터에 이어 70미터 벽을 깼으며 76년에는 3분 40초 동안 100미터까지 잠수하는 데 성공했다.

그는 잠수 중의 신체의 변화 결과를 생리학자들에게 제공했다.

그 결과 심해에서 잠수 중에는 뇌와 심장에만 혈액이 공급된다는 사실을 밝혀냈다. 이것은 고래가 심해까지 잠수할 수 있는 원리이다.

또 요가의 호흡법으로 심장박동수를 줄였으며 심장박동수가 줄어들면 산소를 공급하는 혈액 안의 헤모글로빈이 증가한다는 사실도 밝혀냈다. 그는 또 잠수하기 전에 요가의 호흡법으로 체내에 있는 이산화탄소의 농도를 떨어뜨린다.

물론 그의 수제자인 움베르토 페리자리씨도 스승으로부터 배웠던 요가 호흡법으로 컨디션을 조절한다. 신장 1미터 77센티의 스승에 비해 훨씬 큰 키인 1미터 90센티의 페리자리 씨는 앞으로 1미터 50센티까지 잠수한다는 계획을 세워 놓고 있다.

한편 현재 68세인 그의 스승은 인간도 고래와 마찬가지로 바다에서도 살 수 있는 특징이 있다는 것을 보여 주기 위해 고래와 의사소통을 하며 하루하루를 보내고 있다. 그는 때로는 잠수능력이 별로 없는 고래를 심해까지 안내하기도 한다.

유리조각 먹고 삽니다

"유리만 있으면 끼니 걱정은 없어요."

인도네시아 동부 수라바야에 살고 있는 나스룰 수마르노 씨 가족은 식사대용으로 유리를 즐기고 있다. 하지만 최근 딸 마르타(8)가 죽고 말았다. 물론 원인은 유리를 너무 많이 먹었기 때문이다.

소아과 의사 라카 루프와나소 박사는 미국 주간지 『월드뉴스』 최근호와의 인터뷰에서 마르타를 검시한 결과 내장과 간이 갈기갈기 찢어져 있었다고 밝혔다

"우리들은 지난 90년 그들 가족의 식생활이 보도됐을 때부터 유리먹기를 그만두라고 충고해 왔다. 그들은 좀체로 식생활을 바꾸려 하지 않았다."

푸르와나소 박사는 마르타가 죽기 수주일 전에 텔레비전을 보면서 안경을 씹어 먹었던 것이 탈이 났다고 밝혔다. 그는 또 나머지 가족이 마르타와 같은 고통으로 죽어 가는 것도 시간문제라고 경고하고 있다.

한편 수마르노 씨가 유리를 먹는 것은 가족의 전통이며 아버지로부터 유리를 먹는 법을 배웠다고 한다. 그는 결혼 후 아내와 자녀들에게도 유리 먹는 법을 가르쳤다.

푸느와나소 박사는 그들이 유리를 씹어 먹는 것을 도저히 막을 수가 없다고 말했다. 하지만 그는 그들 부부가 아들에게 유리를 먹게끔 하고 있는 것은 일종의 범죄행위라고 경고하고 있다.

에이즈에 안 걸리는 체질 있다

「하늘이 내린 형벌」이라고까지 불리는 에이즈가 정복될 날도 멀지 않은 것 같다.

첫 번째 무기는 인류의 자연면역력, 최근 의학 잡지 『랜시트』는 에이즈에 저항하는 면역력이 존재한다는 역학조사 결과를 발표했다.

케냐 나이로비 의대팀이 이 지역에 거주하는 에이즈 미감염 접대부 4백 24명을 대상으로 10년간 추적 조사한 결과 2백 39명만이 에이즈에 감염된 것으로 나타났다. 놀라운 것은 성접촉 기간이 길수록 다시 말해 접대부생활을 오래 할수록 오히려 에이즈 감염률이 20%가량 감소하는 현상을 보였다는 것이다.

물론 감염자와 비감염자간 콘돔사용이나 성기 중위 궤양여부 등 다른 조건을 똑같이 비교했을 때 얻은 결과이다.

이는 감염자가 대부분 성접촉 2년 이내에 감염되어 이 기간을 넘긴 접대부는 나중에도 무사한 경우가 많았기 때문으로 해석된다.

결국 에이즈도 걸리는 사람이 따로 있다는 뜻이다.

실제 80년대 초 에이즈가 처음 모습을 드러낸 이래 지금까지 수년간에 걸친 에이즈감염자와의 성접촉에도 혈액검사상 음성을 보인 사례가 숱하게 보고 돼 왔다.

지금까진 이것이 인간에게 보다 덜 치명적인 독성을 지녀 자신도 공존 할 수 있도록 진화해 온 변종 에이즈바이러스 때문인 것으로 생각해 왔다. 그러나 이번 연구결과는 많은 성교 대상자들로부터 다양한 에이즈 바이러스와 접촉한 접대부를 대상으로 한 실험이므로 이 같은 감염률의 차이가 바이러스보다 개체 자신이 면역력 차이에서 비롯됐음을 보여주고 있다.

아직 이러한 개채 간 면역력의 차이가 무엇인지 명확히 규명되지 않았지만 이것이 밝혀질 경우 에이즈 정복이 더욱 가속화 되리란 전망이다.

두 번째 무기는 최근 잇따라 개발에 성공한 각종 에이즈 치료제의 등장이다. 최근 『뉴스위크』지의 보도에 따르면 현재 미식품의약국(FDA)의 승인을 받은 에이즈 치료제만 9가지나 된다는 것이다.

이들의 특징은 에이즈바이러스의 증식에 필수적인 효소의 작용을 억제시키는 것. 즉 바이러스를 직접 죽이기보다 증식을 억제시켜 에이즈 바이러스를 체내에 지니고도 정상인과 똑같은 면역력을 갖고 장기간 생존할 수 있음을 의미한다.

"키 크는 병에 걸렸어요."

내 키가 자라지 않게 누가 좀 말려 줘요!

먹으면 먹는 대로 살이 찐다는 사람은 많아도 먹는 대로 키가 자라는 사람이 있다는 얘기를 들어 본 사람은 거의 없을 것이다.

근착 미국의 『선』지는 미국 캔자스시티에 사는 주디 런 로빈슨 (34)의 별난 사연을 전해 눈길을 끈다. 로빈슨 부인은 먹는 것들이 모두 키로만 가는 지 키가 계속 자라 고민에 빠져 있다는 것이다.

이 이상한 병(?)에 걸리기 전만 해도 로빈슨 부인은 키 155센티에 몸무게 49.5킬로그램의 아담한 몸매의 소유자였다. 그러나 이상한 증상이 나타난 지 1년이 채 못 되는 지금 몸무게는 단 1그램도 늘지 않은 가운데 키만 무려 25센티미터나 자라서 신장이 180센티미터나 되는 인간장대가 돼 버렸다.

그녀가 이 같은 이상증상을 보이게 된 것은 남편과 이혼하면서부터였다.

"나는 내 결혼생활의 불행한 종말을 선뜻 받아들이지 못했어요. 사람들은 흔히 스트레스를 받으면 먹는 것으로 스트레스를 풀잖아요? 나도 마찬가지였어요. 이혼으로 인한 스트레스를 이기지 못하고 과식하는 버릇이 생겼죠."

이혼으로 인해 한없이 의기소침해진 로빈슨 부인은 하루 저녁에 1.9리터들이 초콜릿아이스크림 1통을 먹어 버리는가 하면 앉은 자리에서 커다란 치즈케이크 한 판을 먹어 치우는 등 엄청난 식욕을 보였다. 입에 뭔가 먹을 것을 달고 있지 않고는 자신의 불행을 이겨낼 수 없었던 그녀는 하루 종일 냉장고 문 앞에서 살았다.

"여섯 살바기 아들 타미가 잠들고 나면 '기회는 이 때다'하는 기분으로 몇 시간이고 텔레비전을 보면서 여러 가지 음식들을 닥치는 대로 볼이 미어져라 밀어 넣었죠. 내 몸이 풍선처럼 부풀어오를 것이라고 생각하긴 했지만 식욕을 조절할 수는 없었어요."

그러나 로빈슨 부인에게는 너무나 뜻밖의 일이 일어났다. 믿을 수 없게도 몸무게가 불어나는 대신 키가 자란 것이다. 이렇게 6주간 계속 먹는 동안 몸무게는 조금도 늘지 않았으나 키는 무려 7.5센티미터나 자란 것이다.

처음엔 자신에게 무슨 일이 일어났는지 깨닫지 못했던 로빈슨 부인은 어느 날 놀러 온 언니가 "애, 주디야! 네 치마를 좀 보렴. 치마 끝의 단이 네 무릎까지 내려왔던 것 같은데 왜 그렇게 짧아졌니?"하고 일깨워 주는 바람에 뭔가 잘못 됐다는 것을 알게 됐다.

음식을 너무 많이 먹은 것 때문이 아닌가하고 생각한 로빈슨 부인은 그 길로 병원으로 달려가 각종 검사를 받았으나 원인을 밝혀내지는 못했다.

의사들은 막연하게 극단적인 감정의 혼란에다가 그 동안 그녀가 복용했던 천식약이 상호작용, 호르몬체계에 변화를 일으킨 것이 아닌가 보고 있다. 즉 지방 호르몬의 작용을 막고 성장호르몬의 활동을 왕성하게 한 것이 아닌가 추측할 뿐이다.

로빈슨 부인을 진찰한 스티브 크라비츠 박사는 "이제껏 단 한 번도 이런 환자를 본 적이 없다."고 말할 뿐 뾰족한 치료법을 제시하지는 못한다.

이제 더 이상 키가 자라지 않게 하는 것은 음식을 많이 먹지 않는 일이다. 그러나 요즘도 로빈슨 부인은 밤이고 낮이고 냉장고에 붙어 살아가고 있다.

전 세계에서 유일한 '물 알레르기'

몸에 물만 닿으면 마치 산(酸)에 노출된 것처럼 화상을 입거나 물집이 잡히고 곪아서 고통 받는 한 어린 소녀의 소식이 전해져 아타까움을 준다.

근착 미국의 주간지 내셔널 『인콰이어러』는 전 세계에 단 한 케이스 밖에 없는 물알레르기 환자 하이디 팔코너양(8)의 투병생활을 전해 눈시울을 뜨겁게 만든다.

영국 윌리에서 어머니 웬디(34)와 살고 있는 하이디는 엄마와 뽀뽀도 하지 못한다. 엄마의 입술의 습기가 하이디의 얼굴에 닿으면 금방 두드러기가 생기기 때문이다.

이 정도니 다른 아이들처럼 수영을 한다든가 비를 맞으며 노는 것은 감히 꿈도 꾸지 않는다.

아니 수영은커녕 욕조목욕이나 샤워, 세수조차 엄두를 내지 않는다. 하이디의 '목욕'이란 일주일에 단 한 번 축축한 수건으로 재빨리 닦아내는 것이다. 그것도 수건을 물에 푹 적시는 것이 아니라 수분이 있는 둥 없는 둥한 정도의 것으로 목욕을 하고 나서도 재빨리 피부를 말려 줘야 한다. 그럼에도 불구하고 목욕을 할 때마다 약하게 발진이 생긴다.

"하이디는 오렌지주스와 우유를 조금 밖에 마시지 못한다."는 어머니 웬디는 비 오는 날은 물론 흐린 날씨도 무척 괴로운 날이라고 전한다.

"흐린 날 외출할 때는 아예 비가 올 것을 대비, 2천 달러짜리 최첨단 섬유로 만들어진 특수복을 입고 나갑니다. 우주복 비슷하게 생긴 이 옷은 비나 대기 중의 수분을 완전히 차단하는 동시에 땀을 완벽하게 발산시켜 줍니다."

하이디에게 있어서는 한 방울의 물이라도 산(酸)과 다른 바 없다는 하이디의 주치의이자 피부과 전문의 헬렌 루이스 박사는 "세계적으로 물알레르기 환자들은 후천적인 물알레르기 환자이며 선천적인 경우는 하이디 밖에 없다고 말했다."

물알레르기는 원인불명이기 때문에 물론 치료약도 없다. 그저 물에 닿지 않도록 하고 발진이 생겼을 때 곪지 않도록 치료하는 방법 밖에 없다.

"이런 하이디가 단 한 마디의 불평도 하지 않고 투병생활을 해 더욱 가슴이 미어진다."는 웬디는 쓰라린 에피소드를 들려준다.

병원에 입원해 있던 어느 날 한 떼의 어린이가 웃고 떠들고 노는 모습을 보더니 "엄마, 쟤네들은 같이 이야기도 할 수 있네. 난 아무하고도 얘기하면 안 되는데……. 난 혼자 얘기하며 놀아야지, 그치 엄마!"라고 하더라는 것이다.

그 어린 소녀가 매주 복권을 맞춰 보며 "복권 당첨되어서 돈이 많이 생기면 전부 다 내 병 고치는데 쓸 거야."라고 중얼거린다는 것이다.

과연 언제나 하이디의 꿈이 이뤄질 것인지……

바퀴벌레는 고단백 식품(?)

‘바퀴벌레야말로 최고급의 영양식품이다.’ 독일 하노퍼에 사는 생물학자 베르너 물러(25)는 사람들이 가장 혐오하는 바퀴벌레를 이 지구상 최상의 ‘먹거리’로 여긴다. 물러의 이런 괴상망측한 ‘미식행위’는 갓 결혼한 신부 엘리자베스 물러에게 엄청난 충격을 안겨 주어 이혼까지도 고려할 만큼 심각한 고민이 되고 있다고 미국의 주간 뉴스 최근호가 전했다.

특히 부인 엘리자베스는 상식적으로 납득할 수 없는 남편의 이 같은 ‘음식문화’를 혼인 전에는 전혀 몰랐기 때문에 더욱 분통을 터뜨리고 있다고 한다.

물러가 바퀴벌레들의 천적으로 등장한 것은 2년 전 바퀴벌레가 바글바글하는 아파트로 이사해 오면서부터였다.

평소에 기어 다니는 곤충류에 지대한 관심을 보였던 그는 이들 바퀴벌레가 고단위단백질로 이루어졌다고 판단, 도전하는 심정으로 바퀴벌레 몇 마리를 시식했다가 이제는 이들 없이는 하루도 못 살게 되어 버렸다.

처음엔 이들을 버터나 초콜릿과 곁들여 먹을 정도로 점잔을 뺐다는 그는 “이 때 생전 처음으로 맛본 오독오독 씹히는 맛이 바퀴벌레 중독증을 가져왔다.”고 털어놓았다.

그의 왕성한 식욕은 곧 아파트 안에서 싱싱하게 살아 움직이던 바퀴벌레들을 바닥내, 이제는 아예 차고에다 직접 '식량용' 바퀴벌레를 사육하고 있으며 현재 수 백 마리가 든 여러 개의 박스들을 정성스럽게 돌보고 있다.

엘리자베스에 따르면 그는 단순히 볶아 먹는 단계를 지나 시리얼 빵 심지어 일반 수프에까지 그것들을 양념삼아 곁들인다고 한다.

게다가 엘리자베스를 곤혹스럽게 만드는 것은 이웃들이다. 이웃 사람들이 자기에게 다가와 아직도 남편이 바퀴벌레를 즐기냐는 질문을 할 때면 자신은 더 이상 대답할 말이 없기 때문이라는 것이다.

그녀는 "결혼할 때는 이런 일을 당하리라곤 상상도 못했어요. 이런 부분만 빼면 너무너무 좋은 사람이다."라며 바퀴벌레를 못 먹게 할 것인가 이혼할 것인가를 두고 심각한 고민에 빠졌다고 한다.

인간 나침반

어느 쪽을 바라보고 있어도 항상 코가 북쪽을 향하는 사람이 있다면 그를 「인간 나침반」이라고 불러도 잘못된 일이 아닐 것이다.

미국 뉴저지 주에 사는 두 아이의 어머니 린다 몰튼 부인(35)은 「걸어 다니는 나침반」이다. 어느 방향을 향하고 있어도 그녀의 코만큼은 늘 북극점을 가리킨다. 근착 미국의 주간지 『선』은 "사방을 식별할 수 있는 곳에서는 말 할 것도 없고 빛이 단 한점도 들어오지 자는 완벽한 밀실에서도 능력을 발휘한다."고 전해 눈길을 끈다.

"정말로 신비한 여인입니다. 의학적 연구대상입니다."라고 말하는 제임스 베이커 박사는 머리끝부터 발끝까지 검사해 봤으니 어떻게 코로 북극점을 정확히 알아내는 지 그 비밀을 풀 수 없었다고 밝혔다. 북극의 견인력이 너무도 강해서 거부할 수 없는 모양이라고 덧붙이면서. 그녀를 시험해 보기 위해 얼굴을 동쪽이나 서쪽으로 향하게 하면 얼굴을 돌린 채 이야기하기 일쑤, 무슨 일이 있어도 코는 북쪽을 바라봐야하기 때문이다.

몰튼 부인이 남들에게는 없는 문제가 자신에게 있다는 것을 깨달은 건 5살 때였다. "항상 코가 어떤 방향을 향해 서서히 움직이곤 했어요. 그리고 그게 북쪽임을 깨달은 건 좀더 자란 후였죠."

딸이 정상이 아닌 것을 안 몰튼 부인의 부모는 미국은 물론 이웃나라 캐나다와 멕시코까지 내노라하는 의사를 찾아다녔다. 그러나 별무소득. 치료는커녕 원인조차 알아내지 못했다. 그리고 어떤 방법도 도움이 못됐다.

어려서도 그랬지만 자라면서 더욱 문제는 커졌다. 남들이 다하는 운전조차 할 수 없는 것이었다. "북쪽을 향해 진행해 나갈 때는 상관없지만 만약 서쪽이나 남쪽을 향해 가게 되면 심각한 문제가 발생하고 마는 거죠."라며 몰튼 부인은 다른 보통 엄마들처럼 차로 아이들을 학교로 데려다 줄 수도 없다고 안타까워한다. 뿐만 아니라 영화관도 아무 곳이나 갈 수 없다.

집 안의 텔레비전이야 북쪽을 등지게 놓고 보면 되지만 영화관의 스크린은 그럴 수 없는 것이었다.

"뉴저지에 스크린이 북쪽을 등지고 있는 극장은 단 한군데뿐이에요. 극장에 가고 싶으면 재미가 있든 없든 그 극장에만 가야 되죠."

어떻게 해서든지 몰튼 부인이 정상생활을 하는 걸 도와 주고 싶어 하는 베이커 박사는,

"몰트 부인의 코는 구조적으로 지극히 정상이고 다른 건강 상태 역시 특이소견을 발견할 수 없었습니다."

라며 단지 다른 사람에 비해 체내에 칼슘성분이 많았고 철분은 다른 사람이나 마찬가지였다고 설명했다.

이제 곧 미국내에서 최고권위를 지니고 있는 외과대학에 의뢰 연구를 할 것이라고 밝힌 그는 기어이 몰튼 부인이 평범하게 살

아가도록 해 주겠다는 의지를 밝히기도 했다.

늑대소녀 아비스

"얘가 왜 이렇게 더럽지?"

두 살배기 딸 아비스의 얼굴에 검댕이가 묻은 것을 발견한 그녀의 엄마는 세수를 시키려다 말고 깜짝 놀라고 말았다. 그것은 시커먼 털이었기 때문이다.

그 털은 오른쪽 눈 주위에서부터 턱에 이르기까지 점점 그 범위가 넓어지고 길어졌다. 그래서 처음엔 아빠의 면도기로 깎아 주기도 했지만 소용없는 일이었다.

미국 필라델피아 켄싱턴에 사는 아비스는 이러한 증세로 병원을 찾은 결과, 「늑대인간 증후군」이라는 희귀한 병에 걸렸다는 걸 알게 되었다.

지금은 동네 아이들이 아비스를 보면 놀라서 달아나기 때문에 대부분의 시간은 집에서 보내고 있다.

다행스럽게도 필라델피아의 한 외과의사가 깨끗한 피부로 이식하는 기술을 연구 중이라고 한다. 이 수술을 받게 되면 아비스도 정상을 되찾아 다른 아이들과 즐겁게 어울려 놀 수 있을 거라며 부모들의 기대가 대단하다.

인간의 발인가? 게의 발인가?

신의 저주인가, 게의 환생인가!

근착 미국의 주간지 『선』이 남서아프리카 일부 지역에 발가락이 단 두 개 밖에 없는 「게인간」이 살고 있다고 전해 놀라움을 준다.

아프리카의 남서부 짐바브웨 · 보츠와나 등지에서 살고 있는데 이들은 머리에서 발목까지는 전혀 이상이 없으나 발목 아래가 기형이다.

그래서 「게인간」이라고 불리는 이들 종족은 지금 모두 100여 명 남아 있다.

유전학자들은 이 같은 발가락은 세계 어느 곳의 어떤 민족에게도 있을 수 있는 기형이라고 한다. 하지만 이 같은 심한 기형이 나타난다 해도 보통 1~2대에서 그치게 되며 이처럼 한 집안 안에서 대를 이어 유전되는 경우는 이 부족 밖에 없다고 한다.

"이 기형현상은 우성유전인 것 같다."는 것이 남아프리카공화국의 요하네스버그 의과대학 해부학교실 과장 필립 토비아스 교수의 말이다.

토비아스 교수팀에 따르면 "연구대상자들 중에서 단 한 쌍의 부모만 자식들에게 이 유전병을 유전시키지 않았고 나머지는 모두 발가락이 2개뿐인 아이들을 낳았다."고 한다.

또 최근에는 발가락은 물론 손가락까지 이런 형태를 가지고 태어나는 아이들이 간혹 있다고 말하는 토바이스 교수는 "유럽의 학자들이 이들 부족의 존재를 알게 된 것은 약 200년이지만 우리가 보기에는 600년 이상 이 유전병이 이 부족에게 전해 온 것 같다."고 말한다.

짐바브웨 하라레에 위치한 국립공문서 보관서의 구전역사연구가 돈슨 문게리 씨 역시 토바이스 교수팀과 같은 생각이다.

"14세기 경 까지는 이따금 나타나던 이 유전병이 이 부족에 옮겨진 것 같다."고 말하는 문게리 씨는 그 근거를 이들 부족의 전설에서 찾는다. 이 부족에게 시집 온 다른 부족의 여인이 아이를 낳았는데 그 아이의 발가락이 둘 뿐이었다는 전설이 전해 온다는 것이다.

근친간의 결혼이 허용되지 않는 다른 부족들의 경우 이런 유전병이 나타난다 해도 당대에 그쳤으나 씨족간의 근친혼이 성행하는 이 부족에게 우성유전으로 자리 잡은 것 같다는 것이다.

이들 부족원들은 발가락 모양이 남다르다는 것 외에는 별 불편함이 없을 뿐 아니라 이상하게 생긴 발가락에 대해 자부심마저 가지고 있다.

이 부족의 족장 벰베 므쿠라니는 "우리는 우리들의 발가락에 잘 적응하고 있으며 그리 불편할 것도 없다."고 말한다.

"콩 없으면 난 못살아"

　　미국 샌디에이고에 사는 두 아이의 어머니이자 변호사 비서로
일하고 있는 테레사 인걸스 씨(95년 현재 32세)는 술도 담배도
마약도 하지 않는다. 다만 2분마다 매우 좋아하는 콩을 먹어야
하는 중독증에 빠져 있다. 콩이 먹고 싶어지면 참을 수가 없기
때문에 그녀는 길을 걸을 때에도 신선한 콩이 든 가방을 갖고 다
녀야 한다. 2~3분만 걸어도 참을 수 없이 콩이 먹고 싶어지는
것이다. 그녀는 1년 동안 자신의 몸무게의 3배에 해당하는 1백
72킬로그램의 콩을 먹어치우고 있다. 전문가들은 이 기묘한 중독
에 대해 "담배나 술과 같은 중독일 뿐이다."라고 말한다. 그녀는
"담배를 피우는 사람과 마찬가지로 2~3분만 지나면 콩이 먹고
싶어진다. 콩을 두 세 알정도 입안에 넣으면 기분이 좋아지고 에
너지가 솟아오른다."고 한다.

'고무인간'이라고 불러 다오

　머리는 물론 팔 다리까지 360도 돌아가 앞뒤 구분없이 움직이는「고무인간」이 있다.

　근착 미국의 주간『이그재미너』지는 최근 캐나다 폭스TV에 방영된 퀘벡의「고무인간」피에른 뷰치민 씨(37)를 소개했다.

　세 아이의 아버지이기도 한 그는 두 다리를 완전히 뒤로 돌려 걸어 다닐 수 있는 희귀한 몸을 지녔다.

　이 같은 낙지 몸놀림은 한 살 때부터 시작됐다. 아버지를 따라간 술집 계산대에서 손과 발이 꼬인 채 거스름돈을 받아 손님들을 깜짝 놀라게 만든 것이다.

　이 때부터 그는 병원들을 찾아 다니게 되었다. 하지만 어떤 의사들도 그의 사지가 어째서 따로 노는지를 알아내지는 못했다. 그는,

　"병은 아니지만 비정상인 것만은 틀림없다. 그렇다고 내 몸이 잘못 된 것도 아니다."라고 말했다.

　"발 디딜 틈 없는 만원 지하철이나 술집 등 공공장소에서는 아주 유용합니다. 몸을 자연스럽게 돌리면 되니까요."

　그는 심장과 허파는 튼튼하며 콜레스테롤치도 정상이어서 지극히 건강하다고 한다.

"이렇게 태어났을 뿐 그 이유는 신만이 알죠."

현재 그는 장기결석 아동조사관으로 근무하면서 과외로 갖가지 묘기를 보여주는 곡예사로 활동한다.

독일 일본 등지의 방송국에서 출연 섭외가 쇄도하고 있어 조만간 부수입도 올릴 참이다.

세계기네스북은 최근 그가 세계에서 가장 유연한 몸을 지닌 고무인간이라고 인증했다.

심장이 2개 달린 남자

심장이 2개나 있는 사나이!

근착 미국의 주간지 『선』이 좀처럼 믿기 어려운 해외화제를 소개한 것이 눈길을 끈다.

『선』이 공개한 화제의 주인공은 이탈리아의 작은 마을 벨루지오에 사는 비니 푸스치오라는 중년 남자다. 이 남자 때문에 미국 영국 독일 프랑스, 그리고 이탈리아 각지에서 의사와 학자들이 모여들어 마을이 떠들썩하다고 한다.

비니가 심장 2개를 가졌다는 사실은 최근에 밝혀졌다. 흉통을 견디다 못한 그가 주치의인 부르노 베니부터 박사를 찾아갔었기 때문이었다.

X선 사진을 판독하던 베니부터 박사는 2개의 심장이 선명하게 나타났음에도 불구하고 이중노출이 된 모양이라며 대수롭지 않게 여기고 재촬영하도록 했다. 그러나 X선 촬영을 4번이나 거듭한 끝에 이 놀라운 사실을 믿을 수밖에 없게 되었으며 국내외의 동료의사들에게 알리기에 이른 것이다.

독일의 해부학자 프란츠 손게 박사는 "이렇게 두 개의 심장이 완벽한 형태와 기능을 갖춘 사례를 본 적이 없다"며 어떤 식으로도 설명할 방법이 없다고 고개만 저을 뿐이었다.

그리고 비니가 고통스러워하는 흉통의 원인도 밝혀졌다. "심장 2개가 활동을 할 수 있을 만큼 비니의 가슴이 넓지 못합니다. 심장 한 개가 갈비뼈를 압박하기 때문에 흉통이 심한 것이지요."

이렇게 말하는 베니부티 박사는 비니를 위해서, 또 심장 때문에 죽어가는 다른 환자를 위해서도 심장 하나를 이식하는 것이 바람직하다고 주장했다.

이런 생각은 비니도 마찬가지다. "신이 내게 신장 2개를 선물로 주셨지만 2개를 다 가지고 있으라고 주신 것은 아닐 것"이라며 쓰러져 가는 생명을 구할 수 있다면 기꺼이 하나를 내놓겠다고 말했다.

미국의 심장전문의 와드 폴섬 박사는 "비니가 정상적인 폐와 호흡기계를 가졌기 때문에 심장 한 개를 다른 사람에게 이식하는 수술은 결코 어렵지 않다"고 말했다.

그럼에도 불구하고 장기이식을 할 것인지 말 것인지 결정이 늦춰지고 있다. 이런 희귀사례를 보다 깊이 연구해야 한다는 학자들의 의견도 만만치 않기 때문이다.

영국의 학자 존 벤틀리 박사는 "돌연변이가 나타난 것인지 아니면 종족의 유전적 특성인지 연구한 다음 이식을 고려해야 한다."고 강력히 주장하고 있다.

☻ 해외 만화

10.
아름다운 사람들의 밝은 이야기

– 월간 「좋은생각」에서 발췌 –

다섯 개의 증거로 정리된 학문

삼각형, 평행사변형, 정육면체, 넓이와 둘레……. 수학시간에 도형문제 속을 헤매다 보면 우린 자연스럽게 기하학이란 용어를 접하게 된다. 이집트와 바빌로니아에서 유래된 기하학은 원래 토지를 측량하는 분야였는데 상업교역, 건축술 등에 필요한 실용적 기술에 응용되면서 체계를 잡아가다가 그리스의 수학자 탈레스와 피타고라스에 의해서 완성되었다. 기하학을 완성한 이들은 누구나 이해할 수 있는 확실한 이론을 기초로 하여 도형의 연구를 진행했는데 이것은 곧 그리스 사람들 사이에 널리 퍼져 나갔다.

그런데 문제는 이러한 연구결과를 어떻게 책으로 출판하느냐 하는 것이었다. 탈레스나 피타고라스는 직접 책을 쓰지 않고, 단지 제자들을 모아놓고 이야기를 했을 뿐 남겨 놓은 자료란 하나도 없었기 때문이다.

이러한 도형 연구를 훌륭한 이론으로 정리한 사람은 B. C 300년 경의 그리스인 유클리드였다. 유클리드는 기하학 원본이란 책을 써서, 탈레스나 피타고라스 이후 200년에 걸쳐 연구되어 온 도형 연구를 훌륭하게 정리했다. 그리하여 오늘 날 이 연구는 그의 이름을 따서 '유클리드 기하학'으로 불리고 있다.

그가 말한 기하학이란 도형에 대해 누구나 납득할 수 있는 확실한 증거를 기초로 해서 오직 논리에만 의존하여 차례로 이론을 정립해 가는 학문이다. 유클리드는 단 다섯 개의 자명한 증거를 사용해 그 아름답고도 강력한 일련의 정리모음집을 이끌어냈다.

예를 들면 그 중 하나가 평행선 증거다. '주어진 직선에 있지 않은 한 점을 지나면서 주어진 직선과 평행한 직선은 오직 하나 뿐이다.' 그리고 여기서 이끌어낸 결론 가운데 하나가 바로 우리가 잘 알고 있는 '임의의 삼각형 내각의 합은 항상 180도'라는 이론이다. 수학자들은 수백 년 동안 이 유클리드의 가정이 과연 타당한 것인지 의문을 제기하고 그것이 타당한 증거가 아님을 밝혀보려고 노력했다.

그리하여 19세기 근대 기하학에 이르러서는 모든 기하학의 기초 용어를 유클리드와는 완전히 다른 방식으로 해석하는 것이 완벽히 가능하다는 사실이 증명되었다. 그렇다면 유클리드 기하학은 근대에 이르러 완전히 깨어지는 것일까? 아니다. 오히려 그 연구들은 유클리드 기하학의 용어는 일반상식이나 관념을 초월해 비관습적으로 해석될 수도 있지만 그렇게 해석해도 유클리드 기하학의 주요 가정들은 여전히 참(Truth)이라는 사실을 더욱 확고히 할 뿐이었다.

어쨌든 도형연구는 지금으로부터 2,500년 전이나 오래 된 옛날에 그리스에서 훌륭하게 정리되었고 지금도 여전히 이 유클리드 기하학을 중학교나 고등학교 학생들이 배우고 있다는 사실은 놀라울 뿐이다.

달걀 노른자는 왜 색깔이 변할까

　부엌에서의 조리행위는 화학자들이 실험실에서 행하는 조작과 너무나 유사하다. 좋은 재료를 선택해 알맞은 비율로 섞어 익히고, 삶고, 끓이고, 튀기고 하는 등의 조리실험법(?)이 화학실험실에서도 그대로 행해지기 때문이다. 캐나다의 명문 매길대학에서 화학을 가르치던 그로서 교수는 학생들에게 화학을 보다 쉽고 재미있게 가르칠 요량으로 음식 얘기만을 사용해 교과서 집필에 들어갔다가 결국 『The Cookbook Decoder』라는 책을 펴내고 말았는데, 이 책은 요리의 기본조리법을 집대성해 놓은 책으로 알려져 있다. 이 책을 열어보면 제일 먼저 달걀 조리법과 관련된 과학적 내용을 소개하고 있다.

　요즈음 주변에서 미용과 건강에 좋다고 하여 달걀을 식초에 통째로 넣고 껍질이 다 녹을 즈음에 먹는다는 '초란' 얘기를 자주 듣는다. 식초에 달걀을 통째로 넣으면 껍질이 말랑말랑해진다. 도대체 달걀에 어떤 일이 일어난 것인가.

　달걀껍질은 주로 탄산칼슘이라는 화학물로 되어있는데 이 화합물은 식초에서 서서히 녹는다. 그러므로 클레오파트라가 연인을 놀라게 하려고 그 큰 진주 귀걸이를 빼 식초 잔에 넣은 후 마실 수 있었던 것이 아닐까. 진주도 달걀껍질과 마찬가지로 탄산칼슘이 주성분이기 때문이다. 또한 이 화합물은 뼈의 주성분이기도 하다. 그래서 이것이 모자라면 골다공증에 걸린다 하여 멸치를 많이 먹어라, 칼슘타블렛을 먹어라 하는 말을 듣는다. 멸치뼈와 조갑지 껍질을 분쇄해 만든 칼슘타블렛의 주성분도 탄산칼슘이다.

그러면 달걀을 오래 삶으면 왜 노른자 주위가 시퍼렇게 변할까? 흔히 황이 생기기 때문이라고 답한다. 그러나 황은 노란색이므로 오답임에 틀림없다. 달걀은 대략 50퍼센트가 물이며, 리피드 34퍼센트, 단백질 16퍼센트로 되어 있다. 달걀 흰자는 주로 물로 되어 있고 약 10퍼센트의 단백질이 들어있다.

이 같은 달걀을 오래 가열하면 흰자와 노른자에 들어있는 단백질 분자의 모양이 달라져 단단해질 뿐 아니라, 흰자에 있는 단백질 일부가 분해하여 황화수소(매우 불쾌한 냄새를 주는 기체)를 만들며, 이 기체는 덜 뜨거운 노른자 주위로 이동하게 된다. 그러면 노른자에 들어있는 철 성분과 쉽게 반응해 칙칙한 초록색의 황화철을 만들게 된다. 보기는 흉해도 철이나 황 성분은 모두 우리 몸이 꼭 필요로 하는 성분이므로 먹어도 아무런 해가 되지 않는다.

변색을 방지하려면 달걀을 10여분 정도 끓는 물에서 익힌 뒤 찬물에 바로 넣는다. 비록 황하수소가 생겼더라도 노른자까지 이동하지 못하게 하면 변색이 되지 않기 때문이다. 그러나 황화수소가 확실히 생기지 않게 하려면 반숙 정도로 만족해야 한다.

- 진정일 (고려대 화학과 교수) -

고흐가 쓴 영혼의 편지

　1853년 네덜란드의 작은 마을에서 태어나 세계 미술사의 지울 수 없는 화가가 된 빈센트 반 고흐! 그의 37년 생애는 고독과 가난의 연속이었다. 879점의 많은 그림과 668통의 편지들……. 그의 후원자이자 동반자였던 동생 테오에게 보낸 편지들 가운데 조금을 옮겨본다.

　"본의 아니게 쓸모없는 사람들이란 바로 새장에 갇힌 새와 비슷하다……. 이 감옥을 없애는 게 뭔지 아니? 깊고 참된 사랑이다. 친구가 되고, 형제가 되고 사랑하는 것, 그것이 최상의 가치이며, 그 마술적 힘이 감옥 문을 열어 준다. 사랑이 다시 살아나는 곳에서 인생도 다시 태어난다. 너는 아주 진지하고 사려깊은 사람이니 앞으로도 계속 성공할 수 있으리라 본다."

　어느 날은 사랑하는 연인에 대해 편지를 띄웠다.

　"너에게 꼭 하고 싶은 말이 있단다. 올 여름 나는 케이를 사랑하게 되었다……. 너도 이런 사랑에 빠져 본 적이 있니? 사랑이 불러일으키는 작은 고충도 가치가 있단다. 물론 절망적인 기분이 들때도 있지. 그러나 더 나은 어떤 게 있기 마련이다. 나는 사랑에 세 가지 단계가 있다고 생각한다. 첫째는, 누구를 사랑하지도 사랑 받지도 못하는 상태, 둘째는 사랑하고 있지만 사랑 받지 못하는 상태(지금의 내 경우가 그렇지), 셋째는 사랑하고 있으며 사랑 받는 상태다."

"오늘은 네 생일을 맞아 유화『감자 먹는 사람들』을 보내고 싶었는데 작업이 잘 진행되긴 했지만 완성하지는 못했다. 나는 램프 불빛 아래서 감자를 먹고 있는 사람들이 접시 쪽으로 내밀고 있는 손, 자신을 닮은 바로 그 손으로 땅을 판 것을 보여주려고 했다. 그 손은, 손으로 하는 노동과 정직하게 노력해서 얻은 식사를 뜻한다. 이 그림을 통해서 문명화된 사람들과는 상당히 다른 생활 방식을 보여 주고 싶었다……."

"화가의 의무는 자연에 몰두하고 온 힘을 다해 자신의 감정을 작품 속에 쏟는 것이다. 진지하게 작업을 해 나가면 언젠가 사람들의 공감을 얻게 된다."

"사랑하는 동생 테오야, 내가 미치지 않았다면 그림을 시작할 때부터 약속해 온 그림을 너에게 보낼 수 있는 날이 올 것이다. 너 하나만이라도 내가 원하는 그림을 보게 된다면, 그래서 그 그림 속에서 마음을 달래주는 느낌을 받게 된다면, 그래서 그 그림 속에서 마음을 달래 주는 느낌을 받게 된다면…. 나를 먹여 살리느라 너는 늘 가난하게 지냈겠지. 돈은 꼭 갚겠다. 안 되면 내 영혼이라도 기꺼이 주마.

고흐가 세상을 떠나고 6개월 뒤에 그의 동생 테오 역시 형을 따라갔다. 테오는 형 옆에 나란히 잠들었고, 둘은 지금도 서로에게 편지를 쓰고 있을지 모른다.

—빈센트 반 고흐의『반 고흐, 영혼의 편지』참고(예담) —

왜 선물을 양말에 담아 전할까

크리스마스가 기다려지는 12월, 선물을 많이 받기 위해 양말을 줄줄이 걸어놓았던 유년시절의 동화 속을 거닐면서 떠오르는 생각 하나. 왜 크리스마스 전날엔 양말을 걸어두는 걸까?

기원 전 4세기경 터키의 니콜라스 주교는 어느 귀족의 세 딸이 구혼자가 있어도 가난해서 결혼하지 못하고 있자 결혼지참금을 넉넉히 마련해 주고 싶었다. 하지만 그는 몰래 도와 주고 싶어서 궁리 끝에 굴뚝으로 그 주머니를 떨어뜨렸는데, 우연히 그것이 그 안에 걸어둔 양말 속으로 들어갔던 것이다. 여기서 크리스마스날 선물을 양말에 넣어두는 풍습이 시작되었다.

현존하는 가장 오래 된 양말은 10세기 영국 북부지방을 점령했던 바이킹족이 버리고 간 카키색 양말이라고 한다. 그러면 양말은 어디에서 유래한 것일까.

고대 그리스 여성들은 발끝과 발꿈치를 가려 주는 '시코스(sykhos)'를 신었는데 이것이 로마시대로 오면서 '소쿠스(socus)'가 되었고, 주로 여자들과 여성 취향의 남자들만 신었다. 짧은 양말을 뜻하는 '삭(sock)'이란 말도 여기서 유래되었다. 17세기 말 비단 대신 면이나 모로 짠 양말이 오늘 날의 형태를 갖추면서 급속도로 보급되었다. 우리나라의 경우는 예로부터 헝겊으로 버선을 만들어 신어왔는데, 이것을 한자로 '말'이라고 불렀으며 개화기 이후 서양의 양말이 전해지자 '서양식 버선'이라 해서 '양말'이라 불렀던 것이다.

오늘 날 현대인의 패션은 양말에서 완성된다고 할 만큼 멋쟁이들은 남녀 가릴 것 없이 양말에 대해서도 각별한데, 옷에 대한 격식이 무척 까다로웠던 빅토리아 시대의 신사들도 이에 못지않아 검정색 양말만을 고집했다. 패션의 황금기인 에드워드 왕조 때는 갖가지 장식이 달린 화려한 양말이 등장했고, 지금처럼 한 가지 사이즈의 무늬 없는 양말이 나오기 시작한 것은 1950년대에 이르러서이다. 합성사가 양말에 이용되어 신축성 있는 양말 생산이 가능해지면서 생산업자들이 재고를 줄이기 위해 무늬 없는 양말을 만들었으며, 그 이후로 화려한 색과 무늬를 가진 양말이 잠시 사라졌다.

양말엔 긴 양말과 짧은 양말이 있는데 짧은 양말은 캐주얼웨어에, 긴 양말은 앉았을 때 종아리가 드러나지 않아 비즈니스 웨어에 잘 어울린다. 정장을 입을 땐 바지단과 구두 사이에 맨살이 보이지 않을 정도의 길이에다, 바지색과 구두색을 연결해 주는 비슷한 색깔을 택해 신는다면 감각이 있다는 소릴 들을 수 있을 것이다. 그러나 누군가를 떠올리며 '감사'의 마음을 전하고 싶은 이 계절, 양말에 얽힌 행복한 이야기를 생각하며 양말 한 켤레 속에 따뜻한 마음을 담아 나누는 것은 어떨는지.

사막의 배

　사막의 숨막힐 듯이 뜨거운 열기 속에서 유유히 걷는 낙타. 흔히 '사막의 배' '사막의 짐꾼'이라고 부르는 낙타는 거친 사막기후에 잘 견딜 수 있도록 되어 있다. 심한 모래바람으로부터 눈을 보호하기 위해 눈썹과 눈두덩이는 길고 두꺼우며, 허파를 보호하기 위해 코에 있는 예민한 근육이 모래가 들어오는 것을 막는다. 두꺼운 털과 가죽은 한낮의 뜨거운 태양과 추운 밤으로부터 보호해 주며, 방석처럼 되어 있는 넓은 발굽은 뜨거운 모래 위를 걷기에 적합하다.

　'낙타 등의 혹에는 물이 가득 차 있을 것이다'라는 일반적인 생각과 달리 육봉이라 불리는 낙타의 혹에는 물이 아닌 지방이 들어 있다. 한 마리 당 평균 45킬로그램의 지방이 저장되어 있어 오랫동안 음식을 섭취하지 못할 때 이 지방을 분해해 에너지원으로 사용한다. 만약 영양분을 다시 보충하지 못하면 육봉은 점점 작아져서 결국 없어진다. 낙타가 물 없이 오래 견딜 수 있는 것은 소변에 요소의 농도를 높여 밖으로 배출하는 물의 양을 줄이기 때문이다. 또 바깥 온도에 따라 기온이 낮은 밤에는 체온을 34도로 내리고, 날이 더워지면 오히려 41도까지 스스로 변화시키므로 열을 발산할 때 생기는 수분의 손실을 막는다. 낙타는 체내의 다른 조직으로부터 물을 보충하는데, 조직 안의 부족한 물은 다음에 물을 마실 수 있을 때 10분만에 95리터의 물을 단숨에 마셔 보충한다.

척박하기 그지없는 사막에서 낙타는 교통수단 외에도 고기는 식용으로, 젖은 음료로, 털은 직물용으로 이용되어 사막에서 없어서는 안 될 귀한 가축이다. 먹이로는 광야에서 자라는 가시 돋친 나뭇가지나 잎사귀 등을 조금씩 먹는다.

낙타는 혹이 하나인 단봉낙타와 두 개인 쌍봉낙타로 분류된다. 아라비아 낙타라고도 하는 단봉낙타는 북아프리카 사막지대를 중심으로 분포하며 쌍봉낙타에 비해 다리가 길고 털이 짧으며 몸이 가볍다. 박트리아 낙타라고 불리는 쌍봉낙타는 중앙아시아에 주로 분포하며, 단봉낙타보다 속도는 느리지만 힘이 강해 짐을 신는 데 좋다. 낙타는 육봉까지의 몸높이가 190~230센티미터, 몸무게는 450킬로그램~650킬로그램에 이르며, 평균수명은 30~40년 정도이다.

한편 인도의 세나브 강과 인더스 강 사이에 위치한 탈 사막과 남편자브 지방에서는 10월부터 이듬해 3월까지 낙타레슬링 경기를 축제처럼 개최하는데, '말힌'이라고 불리는 이 경기는 두 마리의 낙타가 상대방을 공격하여 승패를 가르며 싸우는 모습이 레슬링과 비슷하다. 이 경기가 겨울에 열리는 것은 바로 이 때가 발정기여서 낙타가 가장 흥분하기 때문이다.

신비로운 바위섬

프랑스 바스노르망디 지방 망슈 주에 있는 작은 바위섬은 분명히 바다 위에 떠있는 섬인데도 가까이 다가서면 섬이 아니다. 이곳 몽생미셸 성당의 꼭대기에서 바다와 육지를 향해 울리는 종소리가 바다 내음 속에 잔잔히 울려 퍼진다. 빅토르 위고는 "몽생미셸의 위상은 이집트에서의 피라미드에 필적한다."고 이야기했다.

화강암질의 작은 섬 몽생미셸은 7세기까지는 '시시의 숲'에 솟아 있는 산이었는데, 어느 날 갑자기 엄청나게 큰 해일이 밀어닥쳐 숲을 삼켜버린 다음 이 산이 육지와 떨어져 섬이 되었다는 이야기가 전해진다.

섬이면서도 섬이라고 부를 수 없는 이유는 심한 조수간만의 차이 때문이다. 썰물 때가 되면 육지와 연결되고 밀물 때가 되면 바닷물이 높아짐에 따라 섬은 점차 바닷물에 둘러싸인다. 이 섬을 육지와 연결해 주는 900미터 길이의 둑길이 건설되기 전에는 빠른 조류 때문에 접근하기가 매우 어려웠다.

몽생미셸의 역사는 서기 708년으로 거슬러 올라간다. 아브랑슈의 주교인 성 오베르의 꿈에 대천사 성 미카엘이 나타나 근처에 있는 거대한 바위산 위에 작은 예배당을 세우라고 말했다. 그러나 오베르는 망설이다가 세 번째 꿈에까지 미카엘이 나타나자 확신을 갖고 709년, 바위산 위에 작은 예배당을 짓기 시작했다. 그 뒤 이 곳은 곧바로 주요 순례지가 되었으며, 966년에 베네딕투스 수도회 대수도원이 세워졌다. 한편 백년전쟁 중에는 영불해협에 떠 있는 요새로서 영국군에 대항하는 거점이 되었고, 나폴레옹 시대에 국사범 감옥이 된 이래 계속 감옥으로 사용되기도 했다. 1863년 사적기념물로 복원되어 오늘 날 프랑스의 주요 관광명소로 손꼽히며, 유네스코 세계유산목록에 수록되었다.

수도원 건물, 테라스, 정원, 주거, 성채로 구성되어 있으며 정상에는 대천사 미카엘의 황금상이 얹혀 있는 첨탑이 하늘에 닿을 듯이 높이 솟아 있다. 고딕식 3층 건물은 '서양의 경이'라고 불리는데, 수도원의 문을 지나면 돌층계가 있고 1, 2층에는 순례자를 보살피던 방과 귀빈들을 접대하던 귀빈실, 기사의 방 등 여러 개의 방이 미로처럼 자리잡고 있다. 특히 127개의 돌기둥으로 둘러싸인 3층의 화랑은 매우 경이롭다. 지금은 수도사가 살고 있지는 않지만 수도원의 성당은 잘 보존되어 있다.

섬 전체가 하나의 거대한 건축물로 위용을 자랑하고 있는 몽생미셸, 자연의 경이로움을 간직하고 있는 이 섬은 시대가 변해도 '신비로움'으로 남아 있다.

여름철 식품의 대명사

고추장에 푹 찍어 한 입 아삭 베어먹으면 밥 한 그릇을 뚝딱 해치우게 되는 오이는 시원한 맛과 향기로 입맛을 돋구어 주는 여름철 식품의 대명사다. 무기질과 칼륨이 많이 들어있는 알카리성 식품으로, 몸 안의 노폐물을 배설시키는 역할을 하는데 자주 먹으면 부종에도 효과가 있다. 또 엽록소와 비타민 C가 풍부하게 들어있어 피부미용에 특히 좋다. 오이덩굴은 피부를 아름답게 하는 화장품 원료로 쓰이며 집에서는 오이덩굴에서 나오는 액즙을 바르거나 오이를 갈아 즙을 내어 피부에 바른다.

이 밖에도 불에 데었을 때 응급조치로 오이를 강판에 갈아 생즙을 낸 다음 상처 부위에 붙이면 효과가 있다. 햇볕에 탄 얼굴, 주근깨 부위엔 오이를 얇게 잘라서 아침저녁으로 마사지를 하거나 오이즙을 내어 물기를 짜 낸 다음 우유를 섞어 크림처럼 만들어 얼굴에 바른다.

오이의 원산지는 인도의 북서부 히말라야 산계로, 서아시아 지역에서는 3천년 전부터 재배되어 왔다. 오이에 대한 우리나라 최초의 기록은 신라말, 고려 전기의 사상을 주름잡았던 승려 도선이 탄생하는 과정에서 보인다. 도선의 어머니가 처녀일 때 냇가에 나갔다가 잘생긴 오이 하나가 두둥실 떠내려 오기에 건져 먹고 순간 태기가 생겨 아이를 낳았는데 그가 바로 도선이었다는 것이다. 물이 없이도 잘 자라는 오이는 마디마다 높낮이 없이 잘도 열린다고 해서 가난하지만 꿋꿋하게 살아가는 민초의 상징으로 곧잘 읊어졌다.

오이는 유럽에서 피클이나 샐러드 재료로 쓰이고, 일본과 중국에서는 장아찌를 담그는 것이 고작이다. 그러나 우리나라에서는 오이소박이, 오이 선, 오이 생채, 오이 나물, 오이 냉국, 오이 무름국 등 매우 다양하게 조리되고 있다. 특히 오이 냉채는 땀을 많이 흘리는 여름철에 더없이 훌륭한 음식이다. 단, 오이는 성질이 차고 약간의 독성이 있기 때문에 한꺼번에 너무 많이 먹는 것은 좋지 않다. 설사나 한기가 들 수 있기 때문이다.

한편 소주에 오이를 넣어 먹는 것은 오이를 소주에 넣으면 시간이 지남에 따라 차츰 알코올의 농도, 색깔, 향내, 쓴맛이 변하며 희석효과가 일어나기 때문이다. 이 때는 적어도 30분이 경과되어야 가장 큰 효과를 볼 수 있다.

오이를 고를 때는 위아래 굵기가 비슷하고, 중간에 우툴두툴한 돌기가 많은 것이 싱싱한 것이다. 머리 부분이 크고 가늘며 흰 것은 피해야 하며, 한쪽 끝이 가늘고 다른 쪽 끝만 유난히 굵은 것은 씨가 많아 역시 좋지 않다.

손사막 이야기

중국의 수나라 때, 손사막이라는 사람이 있었다. 중국 의학사상 불후의 명성을 남긴 사람이다. 수나라 말기에 태어나 당나라 초기에 죽은 그는 하늘이 그의 의술을 가상케 여겨선 지 102세까지 장수를 했다.

어느 날 손사막은 우연히 관(棺)을 짊어지고 가는 사람들과 마주쳤다. 언뜻 바라보니 관 밑바닥에서는 피가 흐르고 관 뒤에서는 한 할머니가 울면서 따라가고 있었다. 손사막은 관쪽으로 다가가 관 밑으로 흘러나오는 피를 으깨 본 다음 할머니에게 물었다.

"망자(亡者)는 언제 돌아가셨습니까?"

할머니가 간신히 울음을 멈추고 대답했다.

"몇 시간 전에 죽었어요."

"그래요?"

"믿어지지가 않아요."

할머니는 손사막이 마치 구세주나 되는 듯이 소맷자락을 붙잡고 매달렸다.

"살려줄 수 없습니까?"

손사막이 대답했다.

"관을 열고 그 시체를 내게 보여 주실 수 있습니까?"

할머니는 상대가 의사라는 것을 알았는지 그의 손을 붙잡고 다시 애원했다.

"제발 부탁입니다. 나의 단 하나 혈육인 외동딸입니다. 난산으로 이틀 밤을 고생하다가 아이도 낳지 못하고 죽고 말았습니다. 딸이 죽으면 이 늙은이도 살아갈 수가 없습니다."

손사막은 할머니를 위로한 다음 손에 묻은 피를 들여다보며 말했다.

"이 피로 보아서는 어느 정도 가망이 있을 것 같습니다. 한 번 시험삼아 치료를 해 보겠습니다.

하고 말하고 관의 뚜껑을 열었다. 관 속에 있는 산모의 얼굴은 그야말로 납덩이처럼 창백했다. 그러나 맥을 짚어보니 실낱만큼의 심장 박동을 느낄 수가 있었다. 손사막은 즉시 경혈(經穴)을 찾아 침을 놓고 염침법(捻鍼法), 즉 침을 비틀면서 퉁기는 치료법을 시술하였다. 그러자 잠시 후에 '응애! 응애!' 하는 어린아이의 울음소리가 터져 나옴과 동시에 건강한 아이가 탄생했으며 죽어 있었던 산모도 부시시 눈을 뜨는 것이었다.

손사막이 가지고 있던 약자루에서 약을 꺼내 산모에게 먹이자, 산모는 잠시 후 원기를 회복하였다. 손사막은 침 한 방으로 모자 두 사람의 생명을 구한 것이다. 이 같은 손사막의 행동을 시종 지켜보고 있던 사람들은 모두 감탄해서 손사막을 가리켜 「산신령님」이라고 불렀다고 전한다.

손사막이 단 한 개의 양파 잎새로 인명을 구했다는 이야기도 있다. 어느 날 손사막은 요폐(尿閉), 즉 요도가 막혀 오줌이 나오지 않는 병으로 배가 큰북처럼 부어 올라 고생하는 환자를 진찰

했다. 그대로 두었다가는 금새 방광이 터져 죽을 지경이었다. 약을 먹이는 것만으로는 도저히 치료가 불가능했다. 어떻게 하면 오줌을 배출할 수 있을 것인가? 손사막은 한나라 때의 명의 장중경(張仲景)이 관장으로 변비환자를 치료한 사실을 알았고, 이 방법을 응용하는 것이 어떨까 생각했다. 한나라 때의 관장은 대롱을 환자의 창문에 집어넣고 돼지의 쓸개즙을 주입시키는 방법이었다. 요도는 장과 비교하여 훨씬 가늘 뿐만 아니라 대롱을 삽입하는 것도 여간 어려운 일이 아니었다.

어떻게 하면 좋을까? 그는 깊은 사색에 잠겼다. 바로 이 때 이웃집 아이들이 양파의 잎새를 풀피리처럼 불고 다니는 것을 보았다. 양파의 잎새는 불에 쬐면 아주 부드럽고 신축성이 있다. 여기서 손사막은 양파 잎새의 끝을 자르고 이것을 조심스럽게 환자의 요도에 삽입하고 밖에서 풀피리를 불듯 숨을 불어넣었다. 잠시 후 요도가 열리면서 오줌이 양파 잎새의 대롱을 따라 서서히 흘러나오면서 환자의 고통은 씻은 듯이 사라졌다. 요폐(尿閉)는 현대에 있어서는 그리 대단한 병이라 할 수 없지만 3백여 년 전에는 이렇다 할 도요법(導尿法, 오줌을 밖으로 유도해 배출시키는 법)이 없었다.

손사막은 환자를 진찰 치료함에 있어서 그 빈부와 민족을 가리지 않고 치료에 임했다. 왕진 의료가 있을 때는 아무리 거리가 멀든, 아무리 날씨가 춥든, 아무리 비가 많이 오든, 아무리 바람이 불든, 아무리 어둑어둑한 밤중이든 얼굴 하나 찌푸리지도 않고 약상자를 어깨에 둘러메고 급히 나귀를 타고 달려갔다. 먼 곳에서 온 환자는 자기 집에서 유숙시키면서 친히 약을 달여 먹이는 등 가족과 똑같이 대했다.

손사막은 그의 저서에서 대의정성(大醫精誠)이라는 말을 하고 있다. 여기서 말하는 정(精)이란 훌륭한 의술을 뜻하는 것이고, 성(誠)이란 의사로서의 높은 윤리를 뜻하는 것이다. 손사막은 모름지기 명의란 이 '정'과 '성'을 겸비하고 있지 않으면 안 된다고 가르치고 있다.

　손사막이야말로 한국으로 치면 허준과 같은 인물이고, 일찍이 '화타'나 '편조'에 못지 않은 명의가 아닐 수 없다. 손사막은 70세 때 그의 경험을 총괄하여 『천금요방(千金要方)』이라는 책을 썼고, 1백 세 때는 다시 『천금익방(千金翼方)』이라는 저서를 썼다. '익방'은 '요방'에서 서술된 문제의 보충, 전개로서 두 저서를 합하여 두 날개(翼)를 이룬다는 뜻이 포함되어 있다. 이 두 저서에는 500~600이상의 처방이 기록되어 있어 수당의학의 집대성이라고 일컬어지고 있다. 후세 사람들은 이 두 저서를 합쳐 천금방(千金方)이라고 부르고 있으며 이들 저서의 사본은 한국과 일본에도 전해졌다.

　　　　　　　　　　　　　　　- 김광한의 「사람값 꼴값」에서 발췌 -

황금빛 까마귀를 추모함

옛날 중국의 요임금 시절, 하늘에 태양이 열 개나 나타나 산천 초목이 다 타죽을 지경이 되었다. 그러자 요임금은 활을 잘 쏘는 예로 하여금 태양을 쏘아 떨어뜨리게 했는데, 태양이 떨어진 자리에는 발이 셋 달린 황금빛 까마귀가 화살에 꽂혀 죽어 있었다고 한다. 그 밖에도 중국 고전인 『회남자』에는 태양에 사는 까마귀가 이따금씩 땅에 내려와 불로초를 뜯어먹는다는 이야기가 나오고 『삼국유사』의 태양설화인 연오랑과 세오녀의 이름에도 까마귀 오(烏)자가 들어가 있다. 까마귀는 태양과 어떤 관련이 있기에 태양에 살게 되었을까.

아마 태양의 흑점 때문이 아니었을까. 흑점이란 태양 표면에 나타나는 검은 반점으로 망원경에 빛을 일정량 차단하는 필터를 끼우고 보면 선명하게 보인다. 태양의 겉층인 광구층에 생기는 흑점은 자기장이 매우 강해 내부의 열이 상층부로 전달되지 못하므로, 주변보다 온도가 낮으며 그것 때문에 검게 보인다. 조그만 점처럼 보이지만 지구를 여러 개 삼킬 만큼 수십만 킬로미터에 이르는 흑점도 있다고 한다.

옛날 중국이나 우리나라에서는 주로 해질녘 햇빛이 줄어들었을 때 흑점을 관측했다. 그리고 달의 얼룩을 보고 계수나무나 옥토

끼를 그 곳에 살게 한 것처럼 흑점을 보고 태양에 황금빛 까마귀를 키운 것이다. 그 관측 기록이 중국 한나라 때인 기원전 28년에 쓰여진 사서와 고구려 문헌에 나오는 것을 보면 동양에서는 오래 전부터 태양에 흑점이 있다는 것을 알았던 것 같다.

하지만 서양에서는 갈릴레오 이전까지 흑점의 존재를 인정하려 하지 않았다. 1611년 예수회 신부였던 크리스토프 샤이너는 갈릴레오보다 먼저 흑점을 관측했다. 그러나 가장 영광스런 천체인 태양에 흑점이 있다는 것은 신에 대한 모독이라 생각하고 이것은 태양 표면의 현상이 아니라 태양을 도는 천체라고 수정했다. 그 뒤 갈릴레오는 망원경을 사용해 동틀 무렵 태양 원반에 검은 점이 있음을 관측하고 "흑점은 반드시 태양 표면에 있다."고 주장했다. 또한 흑점이 25일을 주기로 회전한다는 사실을 발견했다.

그러나 갈리레오는 태양에서 아름다운 황금빛 까마귀를 보지 못했다. 그리스 신화에서 태양신 아폴론의 전신이자 지혜의 상징이 까마귀였다는 것을 생각해 보면 서양에서도 옛날에는 태양에 까마귀가 살고 있었던 것 같다. 그러나 서양 사람들은 완전히 신을 모독하지 않으려고 그 까마귀를 없애 버렸다. 그리고 우리도 서양 과학을 배우면서 태양에서 더 이상 까마귀를 찾지 않게 되었다. 과학은 언제나 자연에서 신화를 걷어내 왔지만, 황혼의 태양을 볼 때마다 황금빛 까마귀를 찾을 수 있다면 자연은 얼마나 아름다운 것인가?

– 전용훈 (월간『과학동아』기자) –

시대에 따라 달라진 인기 직업

미국에는 무려 2만3천5백59종의 직업이 있다고 한다. 그 중에는 침대의 부드러움을 조사하기 위해 하루 8시간씩 맨발로 요 위를 밟고 다니는 '매트리스 워커'와 거리나 지하철 광고 모델로 등장한 미녀들의 얼굴에 그려진 수염을 지우는 '수염 닦기'라는 직업도 있다. 점점 사회가 다양화되면서 직업도 그만큼 세분화되고 있는 것이다. 직업이 생겼다가 사라지는 주기도 빨라졌다. 우리나라에서도 지난 92년에 비해 버스 안내원과 타자원 등 10개의 직업이 사라지고 행사 도우미, 애완견 미용사 등 새로운 직업이 17개나 탄생했다.

이처럼 직업 명멸의 주기가 빨라진 것은 불과 100년도 안된 일이다. 20세기 전에는 지금처럼 직업의 종류가 다양하지 못했다. 그래도 시대와 지역에 따라 인기 있는 직업은 많이 달랐다.

우선 그리스 시대에는 소크라테스와 플라톤 같은 철학자가 인기를 끌었다. 그들은 인간의 삶과 정치에 대해 강연하고 백성들을 가르쳤다. 포에니 전쟁으로 많은 고통을 치른 로마에서는 군인이 선망의 직업이었다. 커다란 원형극장과 대형 기념비 등을 만드는 건축가와 날마다 로마인의 전쟁 영웅담과 삶의 애환을 노래하는 연극배우도 인기를 끌었다.

9세기 압바스 왕조의 아라비아인들은 배를 타고 나가 새로운 풍물과 문화를 접하는 것을 꿈꾸었기에 나무를 베는 벌목공, 나무로 배를 만드는 목수, 배를 운전하는 항해사가 청소년들의 희망 직업이었다. 인도에서는 의사가 인기였는데, 십자군 전쟁으로 많은 사람들이 다쳤기 때문이다.

　칭기즈칸이 세운 몽고 제국이 맹위를 떨치던 13세기에는 천문학자가 유망한 직업이었다. 상인들이 광활한 대륙을 횡단하려면 날씨를 미리 알아야 했기 때문이다. 그러다 도자기 문화가 번창한 명나라 때에는 도자기공이 으뜸으로 꼽혔다. 이 때 식민지 확대에 혈안이 된 스페인에서는 야수와 싸우거나 풍토병과 씨름하며 개척지의 지도를 그리는 지도제작사가 인기였다. 17세기 청나라 때는 황실도서관이 워낙 방대한 탓에 사서가 유망 직업이었으며, 프랑스 루이 14세 때에는 초콜릿이 사랑을 받아 제과사가 인기를 끌었다.

　18세기 산업혁명 이후 급격하게 사회가 변하면서 한꺼번에 많은 직업이 탄생했는데, 지금 우리나라에는 1천2백37개 직종에 1만1천5백여 개의 직업이 있다. 앞으로는 여가 산업이 발달하면서 연회전문가, 여행 기획가가 인기를 끌고, 이미지 컨설턴트와 일러스트레이터 등 미학을 중요시하는 직업이 유망할 것으로 보인다. 그 밖에 컴퓨터게임 시나리오 작가, 직원 사기관리 전문가, 공인 알코올 중독 치료사 등의 직업도 등장할 것이다.

☺ 포토 유머

영어를 배워야하는 이유

- 『일요신문』에서 발췌 -

11.
끔찍스러운 이야기들

황당 살인사건 풀 스토리

20대의 젊은이 세 명이 하마터면 살인자로 몰릴 뻔한 어처구니 없는 사건이 벌어졌다.

강도살인 혐의로 1심에서 최고 무기징역까지 선고받았던 황승호 씨(가명·22) 등 3명에 대한 항소심에서 서울고법 형사 5부(재판장 전봉진)가 무죄를 선고한 것이다.

살인자라는 누명을 쓰고 감옥에서 청춘을 썩힐 뻔했던 세 젊은이. 이들의 기구한 운명은 지난 2001년 10월 30일 밤에 시작됐다. 이 날 동네 선후배 사이인 황 씨와 이보성 씨(가명·25)는 폭행 혐의로 강원도 고성경찰서에 끌려왔다. 일이 꼬인 것은 두 사람의 폭행 혐의에 대한 조사가 마무리될 즈음. 경찰이 '혹시나' 하는 마음에서 이들의 여죄를 추궁했던 것이다.

경찰은 "이 씨가 그러는데, 당신이 사람을 죽였다고 한다."며 넌지시 황 씨를 떠봤다. 별 뜻 없이 물어본 경찰의 말에 당황한 황 씨의 입에서는 전혀 예상치 못한 답변이 나왔다. "내가 아니고 이보성이 사람을 죽였다"며 발끈한 것이다. 황 씨의 답변에 경찰도 놀랐다.

의외의 '수확'을 거둔 경찰은 11월 2일 곧바로 진술조서를 작성했다. "2000년 6월께 이보성과 함께 속초 H콘도 별관의 한 객실에 가서 투숙객인 40대 초반 남자를 불러내 옥상으로 갔다. 이보성이 '빌린 돈 2백만원을 갚으라'고 하는데도 남자가 불응하자 마구 때린 뒤 옥상 아래로 떨어뜨려 살해했다. 사체는 쌀자루에 넣어 부근 공동묘지에 암매장했다."

경찰은 이어 '공범' 이 씨의 범행을 추궁했다. 난데없는 살인혐의에 황당해하던 이 씨 역시 황 씨의 진술이 담긴 녹음테이프와 진술조서를 들이대자 그만 범행을 시인하고 말았다.

두 사람의 진술을 토대로 공동묘지로 출동한 경찰은 이들이 지목한 지점에서 문제의 사체를 곧바로 발견하진 못했다. 그런데 공동묘지 수색이 열흘을 넘긴 11월 18일, 공교롭게도 경찰은 애초에 피의자들이 지목한 지점 부근에서 마대에 쌓인 변사체 한 구를 발견하기에 이르렀다. 이 때부터 경찰의 수사는 급물살을 타기 시작했다.

이 과정에서 경찰은 또 다른 공범으로 지목된 방문식 씨(가명·28)도 검거했다. 피의자들의 자백에 사체까지 확보한 경찰은 이들을 춘천지검 속초지청으로 송치했고, 검찰은 같은 해 12월 이들 세 명을 강도살인 혐의로 기소했다. 결국 강도살인 혐의로 법정까지 가게 된 세 사람. 공판이 시작되면서 이들은 경찰이나 검찰에서 보인 태도와 달리 살인 혐의에 대해 의외로 강하게 부인했다.

그러나 춘천지법 속초지원은 수사기관에서 작성한 신문조서와 사체 발견사진, 사체검시에 대한 수사보고 등을 토대로 강도살인 혐의에 대한 유죄를 인정했다. 그 결과 피고 이 씨가 무기징역에, 황 씨와 방 씨는 각각 징역 20년과 7년형을 선고받았다.

하지만 항소심을 맡은 서울고법 형사 5부(재판장 전봉진)는 경찰과 검찰이 제시한 부분에 대해 의문을 품기 시작했다. 면밀히 검토한 재판부는 우선 범행일시에 대해서 경찰과 검찰의 수사 결과를 뒤엎었다.

애초 경찰은 이들의 범행시기를 2000년 6월께로 추정했다. 이 부분은 사건이 검찰로 송치되면서 일 년 뒤인 2001년 7월로 미뤄졌다. 2000년 6월은 이들 셋 모두가 교도소에 수감된 상태였기에 범행 자체가 불가능한 상황이었기 때문이었다.

설사 2001년 7월이라는 검찰의 범행일시에 대한 주장을 그대로 인정한다 하더라도 발견된 사체의 상태가 문제였다.

사체는 발견 당시 이미 뼈만 남은 '백골화' 상태였다. 통상적으로 사체가 백골화에 이르는 시간은 흙 속에서 3~5년 정도라는 것이 전문가들의 견해였다. 따라서 2001년 7월에 사망한 사체가 같은 해 11월 18일에 백골화됐다는 점은 말이 안 되는 것이라는 게 재판부의 판단이었다.

모호한 범행동기도 피고측에 유리하게 작용했다. 검찰 조사결과 이들의 범행동기는 '유흥비 마련'이었다. 그러나 재판부는 "유흥비 마련을 목적으로 강도를 모의할 경우 사람의 왕래가 빈번하고 순찰직원 및 근무요원이 곧바로 달려올 수 있는 콘도 객실을 범행장소로 삼는다는 것은 경험칙에 반한다."며 검찰의 주장을 반박했다.

재판부는 피고인들의 범행에 대한 자백이 경찰 검찰을 거치며 그 때그 때 수정되거나 추가되고 있는 점을 근거로 그 신빙성 자체에 의문을 제기했다.

피고 황 씨가 중학교 2학년 중퇴했고, 이 씨는 정신장애로 군에서 의가사 제대한 점, 방 씨 또한 정신지체장애로 정신연령은

6~9세 수준에 불과한 상태라는 점 등도 참고가 됐다.

결국 재판부는 "피고인들의 학력이나 경력, 생활환경 등에 미루어 자포자기 끝에 허위 자백을 할 가능성을 배제할 수 없다"며 피고측의 손을 들어주었다. 결국 1년 넘게 세 명의 젊은이들을 짓누르고 있던 살인의 누명을 벗겨졌다.

- 『일요신문』에서 발췌 -

간수는 살인게임, 죄수는 애널섹스

수 십 대의 고급차와 제트기, 매일 밤 미녀들과 벌어지는 파티, 영화에서나 나옴직한 화려한 생활을 하던 일본인이 실제로 LA에 살았다. 그러나 마약단속에 걸려 미국 경찰에 체포되면서 그의 인생은 전혀 다른 길을 걷게 된다. 파리목숨보다 못한 죄수가 되어 지옥같은 미국의 감방에서 보낸 7년간. 그 동안 그가 본 것은 무엇이었을까? 미국의 천국과 지옥을 온몸으로 체험한 마루야마 씨가 2003년을 맞으면서, 그 모든 이야기를 털어놓았다.

화제의 주인공인 마루야마 다카미 씨(52)는 마약거래법 위반과 총기법 위반으로 유죄판결을 받고 90년부터 97년까지 미국의 감옥에서 생활했다. 미국의 형무소는 죄질의 무게에 따라 1단계부터 4단계까지 분류되어 있다. 마루야마 씨가 수용된 곳은 살인을 저지르고 종신형을 선고받은 이른바 가장 위험한 흉악범을 수감하는 4단계의 중범죄 형무소였다.

1950년 일본 도쿄에서 태어난 마루야마 씨는 대학을 졸업한 후, 상사에 입사해 약 3년간 근무한다. 퇴직 후 마루야마 씨는 바로 LA로 가 자동차수업을 시작한다. 마루야마 씨는 이 사업에 크게 성공을 거두었고 이후 손을 댄 일마다 크게 성공을 했다. 그런

중 1984년 마약 판매상들이 고급차를 매매하는 방식으로 그의 매장을 용해 돈 세탁을 시작했다. 이것이 마루야마 씨의 인생을 바꿔놓았다. 그 역시 마약 판매책과 구입책을 연결해 주는 '중개업'에 발을 들여놓게 된 것이다.

그 결과 마루야마 씨는 매해 수십억이라는 검은 돈을 수중에서 주무르면서 '지하세계'에서 '일본인 마약왕'으로 화려하게 등극했다. 그러던 중 마약조사관이 벌인 함정수사에 그만 덜미를 잡혀 90년 10월 25일 미국 경찰에 체포되었다. 거래로 위장한 조사관들이 현장을 덮친 것이다. 마루야마 씨는 자신의 페라리 승용차를 타고 전력질주했다. 28대의 경찰차가 그를 뒤쫓았고 헬리콥터가 출동했다. 그의 도주행각은 '채널4'를 통해 전 미국으로 생중계됐다.

경찰에 잡힌 마루야마 씨는 징역 13년을 언도받고 캘리포니아주 새크라멘토 남쪽에 있는 '뮤크리크 스테이트' 형무소에 수용되었다. 이 곳에는 종신형을 언도받은 죄수들과 금고 10년형을 선고받은 흉악범 3천 명이 수용되어 있었다. 사막 한가운데 자리한 이 형무소는 여름이면 45℃를 웃돌았다. 울타리는 이중보안이 되어 있었고, 그 사이에는 고압전류가 흐르고 있어 누구라도 손만 대면 그 자리에서 검게 타 버리고 마는 무시무시한 곳이었다.

형무소 내에는 총기사용 구역이 있었는데, 죄수들이 조금이라도 규칙에 어긋나는 짓을 하면 여지없이 간수가 총을 뽑아들었다. 4단계의 감옥답게 '사전경고'조차 없었다. 총소리는 거의 매일 들려왔다.

중범죄인 3천 명이 같이 있다 보니 하루에 한 번씩은 꼭 싸움이 일어났다. 싸움이 벌어지면 제일 먼저 형무소 안의 사이렌이

울린다. 그것은 '움직이는 것은 모두 쏴 버린다'는 경고나 마찬가지였다. 이 때는 바닥에 엎드려야만 살 수 있었다.

간수들은 사이에는 이런 허점을 이용해 이른바 '죄수 죽이기 게임'에 열을 올리고 있었다. 간수들은 사전에 '개'로 불리는 심복 죄수에게 자신이 지정한 죄수와 싸움을 하라고 시킨다. 그리고 싸웠다는 이유로 일방적으로 지목한 죄수에게 총부리를 겨누었다. 이 모든 과정은 다른 동료 간수들로부터 5달러씩의 관람료를 받은 후, 감시탑에서 모두가 보는 가운데 진행됐다.

"이 곳에서 살아남기 위해서 지켜야할 세 가지 항목이 있다네. 첫째 그 누구도 믿지 말게나, 그리고 앞은 안 봐두 좋으니 뒤를 조심하게. 마지막으로 눈은 감고 있더라도 귀만은 깨어있어야 한다네."

마루야마 씨에게 들려준 한 80세 노죄수의 주의사항이었다.

형무소 안은 그야말로 상대에게 한 번 얕보이면 끝장이었다. 하루는 부루터스라는 이름을 가진 거구의 사나이가 마루야마 씨에게 일본의 전통기예인 가라테를 아느냐고 접근해 왔다. 마루야마 씨는 겁내지 않고 가라테의 기초를 보여주겠다며 재빨리 부루터스의 숨통을 조였다.

"일본인은 한 번 싸우면 끝장을 보지. 이렇게 수도(手刀)로 숨통을 조이고 상대를 죽인다네. 나는 사람을 어떻게 하면 죽이는지 알고 있거든. 어때 한 번 죽어보겠나?"

그 이후로는 마루야마 씨를 건드리는 사람은 아무도 없었다. 그런 그는 간수 한 명에게 상습적으로 괴로움을 당하고 있었다. 간수는 마루야마 씨와 마주칠 때마다 신체검사를 하겠다며 즉석에서 옷을 벗게 했다. 그리고 간수가 보는 앞에서 쭈그리고 앉아 항문을 보여줘야만 했다. 식당에서도 운동장에서도 여자간수가 보는 앞에서도 예외는 없었다. 실로 치욕적인 학대였지만, 형무소에서 지내려면 보통의 정신상태로는 어렵다고 판단한 그는 포기하고 즐겁게 당하기로 마음먹었다.

형무소 안에는 마약거래도 만연되어 있었다. 간수들은 용돈벌이로 죄수들에게 얼마간의 돈을 받고 몰래 몰래 마약을 반입시켜 주었다. 감옥 안이었지만 돈만 손에 쥐어주면 술, 칼, 라이터 등 구할 수 없는 것이 없었다. 여자문제 또한 '남자 매춘부' 몇 명이 해결해 주었다. 오럴섹스는 5달러, 10~20달러만 내면 항문 성교를 할 수 있었다.

마루야마 씨는 운 좋게도 그 후 학력과 능력을 인정받아 캘리포니아에 있는 2단계의 형무소로 이송됐다. 그 곳은 간수들이 난사하는 총탄도, 싸움도 존재하지 않는 '천국'이었다. 마루야마 씨는 97년 4월에 만기 출소 후 국외추방돼 일본으로 돌아왔다. 그는 앞으로는 자연 속에서 제 3의 인생을 살고 싶다고 털어놓았다.

– 『일요신문』에서 발췌 –

영혼이 없는 악마

지난 93년 영국에서 발생한 2세 남아의 살인 사건은 영국을 비롯한 전 세계를 충격에 빠뜨렸다. 제임스 벌처라는 소년을 몰매를 때려 잔인하게 살해한 범인은 우리 주변에서 흔히 볼 수 있는 10세의 평범한 두 소년이었기 때문이었다. 사건 이후 수없이 영국인들의 입에 오르내렸던 로버트 톰슨과 존 베너블스는 이제 8년간의 보호감찰 기간을 마치고 18세의 청년이 되어 다시 자유의 몸이 되었다.

2001년 7월 어느 날 영국의 『채널4』에서는 뉴스 앵커가 이제 청년으로 성장한 로버트 톰슨의 사진을 잠깐 들어 보이며 소식을 전했다. 그러나 카메라의 초점은 그의 얼굴에 맞추어져 있지 않았다. 그것은 법에 저촉될 뿐만 아니라 톰슨을 보호하기 위해서도 반드시 필요한 행동이었다.

사건 직후인 1993년 영국 런던 경시청은 모든 언론에 톰슨과 베너블스의 사진공개를 금지했다. 그렇지 않을 경우 두 소년이 흥분한 시민들에 의해 살해될 가능성이 있었기 때문이었다. 그러나 사건이 발생한 지 10년이 지난 지금도 영국인들은 두 소년의 잔인한 범행에 치를 떨고 있다 .그들이 언론에서 사라진 뒤에도 한동안 두 사람은 영국인들이 가장 증오하는 인물 가운데 늘 상위권을 차지했을 정도이다.

당시 쇼핑몰에서 제임스가 흔적도 없이 사라졌을 때 경찰은 우선 전문유괴범의 소행으로 추정하고 전과자 자료를 찾아 대조작업을 해 나갔다. 그러나 수사에는 전혀 진전이 없었고 제임스의 행적은 묘연했다. 자칫 미궁으로 빠졌을 지도 모를 사건에 결정적인 단서를 제공한 것은 영국 전역에 설치되기 시작했던 감시 카메라. 두 소년이 양쪽에서 제임스의 손을 잡고 사라지는 모습이 카메라에 찍혀 있었던 것이다.

범인이 10세의 평범한 소년이었다는 사실이 알려지자 영국인들은 경악을 감추지 못했다. 게다가 수사 결과 그들이 제임스의 몸에 라카칠을 했는가 하면 범행을 숨기기 위해 죽어가는 어린아이를 선로 위에 걸쳐 놓고 도망갔다는 사실이 밝혀졌다. 그들은 범행동기를 묻는 질문에 대해 한결같이 "모른다"로 일관했다.

영국인들은 시간이 감에 따라 두 소년을 '영혼이 없는 악마'로 묘사했고 소년들을 호송하는 경찰차를 습격하고 그들이 있는 경찰서에 불을 지르는 등 집단적인 보복을 했다. 심지어는 두 소년을 암살해 비명에 간 제임스의 복수를 해야 한다는 목소리까지 들렸다.

그러나 재판 이후 두 소년은 언론과 사람들의 눈으로부터 사라졌다. 누군가가 두 소년을 데리고 보호감찰하고 있다는 것만 알려졌을 뿐 그들이 머물고 있는 장소조차 극비에 부쳐졌다. 하지만 그 사이에도 '두 소년이 화려한 생활을 하고 있다.' '로버트 톰슨이 보호인을 때리고 심지어는 그를 죽이려 했다.' '그들이 다시 정상적인 사회생활을 하기는 불가능하다'는 등 두 악마를 둘러싼 소문은 그치질 않았다.

그리고 시민들의 바람과는 달리 영국 법원은 두 소년을 평생 집행유예라는 조건을 달아 사회로 돌려보내기로 결정했다.

하지만 많은 사람들이 법원의 결정을 못마땅하게 여기고 있다. 특히 죽은 제임스의 엄마인 데니스 퍼거스는 2000년 가을부터 《Justic for Ja미터es》라는 캠페인을 벌이며 두 소년의 출옥을 반대하고 있다. 두 소년은 아직도 위험인물이라고 주장하는 퍼거스는 출옥이 확정되자 인터넷을 통해 톰슨과 베너블스를 알아본 사람은 즉시 사진을 찍어 만천하에 공개할 것을 호소하고 있다.

왜냐하면 18세가 된 두 소년이 지금 어떤 모습을 하고 있는지를 그들을 보호해왔던 몇 명만을 제외하고는 알지 못하기 때문이다. 게다가 두 소년은 자유의 몸이 되면 다른 이름으로 전혀 연고가 없는 곳으로 가서 제 2의 인생을 살게 된다.

그러나 두 소년의 존재가 밝혀지는 것은 시간문제일 것이라는 게 일반적인 의견이다. 제임스의 부모 이외에도 적지 않은 사람들이 두 사람을 추적하고 있기 때문이다. 특히 리버풀에서는 두 소년을 공공연히 악마라고 부르며 연일 석방 반대 데모가 벌어지고 있고 웹상에서도 「제임스 사건」에 대해 열띤 토론이 벌이지고 있다. 심지어는 두 사람에게 현상금 까지 걸려 있다는 소문도 돌고 있다.

최근 리버풀의 지방지인 『리버풀 에코』가 4만 2천 명을 대상으로 전화 설문조사를 한 결과 3만 5천 명이 '범인은 계속해서 감옥 생활을 해야 한다'고 답했으며 「uk-legal」이라는 그룹을 중심으로 하는 사이버상에서도 '평생 유치장에서 썩게 해야 한다'는 의견이 지배적이었다.

정부당국은 숙고에 숙고를 한 끝에 두 사람에게 개심하여 새로운 인생을 살 기회를 주기로 결정했으니 그에 따라줄 것을 국민들에게 요구하고 있다. 그러나 데니스 퍼거스는 "두 살이란 나이로 비명에 간 내 아들은 그런 기회조차 받을 수 없다"며 정부측 결정에 항의하고 있다.

그러나 「uk-legal」의 토론에 고정적으로 참여해 온 한 네티즌은 '두 사람을 풀어줌으로써 야기될 수 있는 가장 큰 위험은 바보 같은 일부 과격분자가 두 사람과 닮은 사람들에게 끔찍한 보복을 할지도 모른다는 것이다'라고 경고하며 시민들의 자제심을 촉구했다. 하지만 이젠 청년이 되어 있을 두 소년범에 대한 영국인들의 증오는 전혀 줄어들지 않은 채 시간이 갈수록 점점 더 커지고만 있다.

60년간 풀리지 않은 가스테러 미스터리

지난 9·11테러 이후 한동안 미국인들을 공포에 몰아넣었던 '탄저균 테러'를 기억하는 사람이라면 생화학 테러가 얼마나 치명적인지 충분히 알고 있을 것이다. 천연두나 탄저균 등 '보이지 않는 적'으로 불리는 생화학 무기는 독성이나 전염성 또한 매우 강해 치사율이 높은 것이 특징이다. 최근 미국에서는 여전히 풀리지 않는 미스터리로 남아 있는 60년 전의 한 생화학 테러사건이 다시금 세인의 주목을 받고 있다.

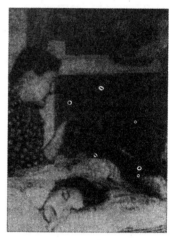

사건 직후 '피해자' 버트 커니와 그녀의 딸이 당시 정황을 재연하고 있다.

도대체 누가, 무슨 목적으로, 또 어떤 무기를 살포했는지조차 풀리지 않고 있는 이 수수께끼는 지난 2차 세계대전 무렵으로 거슬러 올라간다. 노동절을 며칠 앞둔 1944년 8월의 어느 날 밤, 인구 1만 5천명의 작은 도시인 일리노이 주 '매툰'에 살고 있던 버트 커니(33)와 그녀의 세 살배기 딸 도로시는 일찌감치 잠자리에 들었다.

하지만 침대에 누워 잠을 청하던 그녀는 곧 방 안에서 나는 달콤한 냄새에 점차 속이 메스꺼워지는 것을 느꼈다. "정원의 꽃냄새인가 보다"하고 별로 대수롭지 않게 여기고 다시 돌아누웠지만 역겨운 냄새는 좀처럼 가시지 않았다. 오히려 점점 강해지는가 싶더니 마침내 다리가 마비되고 몸이 바닥으로 가라앉는 듯한 몽롱함이 느껴졌다.

그제서야 "뭔가 이상하다"고 느낀 그녀는 아래층에 있던 여동생을 소리쳐 불렀다. 마비 증세로 온몸을 옴짝달싹하지 못하던 그녀는 비명을 듣고 달려온 여동생에게 우선 "창문을 닫으라"고 말했다. 순간 외부에서 유입되는 공기에 문제가 있다고 느꼈기 때문이었다. 얼마 후 다행히 마비 증상은 풀렸지만 바짝 말라 있던 입안과 목구멍의 통증은 쉽게 가시지 않았다.

그날 밤 그런 증상을 느꼈던 것은 비단 그녀뿐만이 아니었다. 밤길을 걷던 한 여성은 냄새를 맡은 즉시 입술과 얼굴이 부어 오르고, 입 속에서 피가 나기 시작했으며, 다리가 마비되기 시작해 더 이상 걸을 수 없었다. 이런 증상은 약 2시간 가량 지속 되다가 사라졌다.

이 날 하룻밤 동안 비슷한 통증을 호소하며 경찰에 신고한 사람만 약 12명 가량이었다. 하지만 온 마을을 공포의 도가니로 몰아넣었던 '가스 테러'는 2주가 지나자 거짓말처럼 감쪽같이 사라졌다. 더 이상 증상을 호소하는 사람도 없었으며, 수상쩍은 차림새의 용의자를 목격했다는 사람도 나타나지 않았다.

당시 전 미국을 강타했던 이 사건은 이렇게 아무런 해답도 찾지 못한 채 점차 기억 속에서 사라지고 말았다. 하지만 이에 대한 논쟁이 전혀 없었던 것은 아니다. 지금까지 매스컴이나 각계의 학자들이 추측하고 있는 바는 다음과 같다.

첫째, 당시 일본이나 독일의 스파이가 새로운 생물학 무기를 실험하기 위해 독가스를 살포했다는 가정이다. 베를린이나 도쿄로부터 '공격 명령'이 떨어지기만을 기다리고 있던 이들이 '효능'을 시험하기 위해 작은 마을을 택해 범행을 저질렀다는 주장이다.

둘째, 어떤 정신 나간 과학자가 사회에 불만을 품고 저지른 우발적인 범행이라는 추측이 있는가 하면 셋째 정신병원에서 탈출한 화자가 저지른 그야말로 아무런 이유 없는 단순 범죄라는 주장도 있다. 하지만 모두 추측이었을 뿐 당시 이렇다 할 용의자를 찾을 수는 없었다.

그러나 무엇보다 가장 논쟁이 되었던 것은 이 모두가 마을 주민들의 '집단 망상'이었다는 주장이다. 행동 심리학자인 도날드 미터 존슨에 의해 더욱 신빙성을 얻었던 이 주장은 가히 충격 그 자체였다. 존슨에 의하면 피해자라고 주장하는 마을 주민들이 사실은 가스를 흡입했다는 상상에 빠져, 무의식적으로 통증이 있는 것처럼 느꼈다는 것이다. 또한 존슨은 이런 현상을 '군중 히스테리'라고 명명하며, 당시 전쟁에 대한 공포가 마을 주민들을 불안에 휩싸이게 했기 때문이라고 주장했다.

과연 그의 주장처럼 이 모든 사건은 마을 주민 전체의 '착각'으로 이뤄진 한낱 해프닝에 불과한 것일까. 여전히 해답은 풀리지 않은 채 미궁 속에 남아있을 뿐이다.

- 『일요신문』에서 발췌 -

12.
어떤 보고서

S의 프로필

쓸만한 얼굴을 가진 S라는 친구가 있다. 쓸만한 학교를 나와 쓸만한 사랑도 하고 쓸만한 직장을 다니면서 쓸만한 인생을 즐기고 있었는데 최근에 들어서서 이야기가 갑자기 삼천포로 빠져 목하 고민 중인 사나이다.

무슨 이야긴가 하면 지겨운 직장생활을 때려치우고 요지(?)라고 평가되는 R대학교 부근에 체육사가 딸린 문구점을 차린 것까지는 좋았는데 이 놈의 가게에 귀신이 붙었는지 장사가 제대로 되지 않는다는 것이다. 물론 장사하는 사람들치고 "요즈음 장사가 잘 돼서 살만 해!"라고 말하는 사람들을 본 적은 없지만 이 친구의 경우는 너무 한 것 같다.

"야 내가 한숨을 쉬지 않게 됐냐! 어제 같은 경우에는 하루 매상이 겨우 8천원이야. 8천원이 몽땅 이익금으로 남아도 기가 막힐 판인데……"
하고 말하며 우거지상이 되었을 때는 정말이지 위로할 말을 생각해내기도 힘들었다. 결국 해준다는 소리가,
"그렇다면 하루 속히 청산을 하고 다른 일을 해봐라."
라는 답변이었는데,
"그렇지 않아도 이미 가게를 내놓았지만 임무교대를 하겠다는

녀석이 쉽게 나타나지 않는거야."

라고 대답하며 다시 한 번 한숨지었다.

정말로 딱한 일이다. 세퍼드처럼 가게를 지키며 1년 동안 노력한 결과가 1천만원 이상의 적자라니 하루하루 살아가는 것이 꽤나 재미없을 것이다.

한데, 실은 그렇지가 않은 것이다.

지독스럽게 장사가 안 되어서 그렇지 문구점을 지키고 있는 것이 지겹기만 한 일은 아니다. 그것은 그의 문구점이 요상하고도 재미있는 요지경 인생들과 접할 수 있는 장소이기 때문이다. 그로 인해 S는 화를 내기도 하고, 웃기도 하며 하루하루를 바쁘게 살아간다. 자신의 고민은 잠시 잊은 채 복싱 구경에 열중하는 구경꾼처럼……

이 책자의 지면에 『어떤 보고서』라고 제목을 붙인 그의 이야기를 몇 개 소개한다.

생 비디오

R대학 뱃지를 단 아가씨가 더벅머리 청년과 팔짱을 끼고 들어서며 노래하듯이 말했다.

"아저씨, 편지지 한 권 하고 봉투 백원어치만 주세요."

그녀는 아차하면 터질 것처럼 꽉 끼는 바지를 입고 있었다. 이에 S는 잠시 그녀의 하반신쪽을 응시하다가 거금(?) 오백원 이상의 매상을 올리기 위해 진열대 쪽으로 돌아섰는데 진열대 옆의 거울에 요상한 모습이 비쳤다. 두 연놈이 그 곳을 미국의 뉴욕쯤

문방구를 밀애
장소로 이용하다니……

에 있는 문방구로 착각했는지 S가 돌아서자마자 한 몸이 되어 서로의 입술을 빨기 시작한 것이었다. S는 하도 어이가 없어 쓴웃음을 지으며 최대한의 느린 동작으로 편지지와 봉투를 챙겨 돌아섰는데 그들은 그 때까지 상대의 입술을 맛있게 빨아대고 있었다.

S가 참다못해 헛기침을 하

자 아가씨는 그제서야 놀란 것 같은 표정을 지으며 더벅머리의
얼굴에서 떨어졌다. 그리고 애교스러운 목소리로 말했다.

"미안해요. 아저씨……."

그러니 산전수전 다 겪은 S가 뭐라고 대답을 하겠는가. 그는
그 아가씨처럼 웃으며 이렇게 말했다.

"미안할 것 없어요. 아가씨 생 비디오를 보게 해 주었으니 오히
려 고맙지. 뭐……."

돈을 갚는 방법

S의 문구점 건너편에 박 산부인과라는 간판이 붙은 개인병원이 있는데 그 곳에 근무하는 두 간호사는 단골손님들이다.

한데 이것들의 말투가 영 돼먹지 않았다. 그것들은 원장에 대한 이야기를 할 때면 으레이 '그 돌팔이 의사가 말이지요'하며 말머리를 꺼낸다. 이에 S가,

"원장 선생님을 그렇게 불러서야 쓰나?"

하고 점잖게 나무랐더니 P라는 간호원이 한다는 소리가,

"그치는 우리가 자기를 그렇게 부르는 것을 알고 있어요. 그치는 자기가 자신을 이야기 할 때도 돌팔이의사라고 말하는 걸요. 그리고 한 번은 이런 말도 했어요. '돌팔이의사란 돌을 던져 파리를 잡을 수 있는 의사라는 뜻이다. 그러니 나는 보통 의사가 아닌 것이 당연하지.'라고요."

문제의 원장은 입이 걸며 술을 굉장히 좋아하는 작자라고 하는데 아무튼 병원 내의 상하 관계는 엉망인 것 같다고 S는 말했다. 한데 그러한 엉망상태의 파급 현상이 S의 문구점에까지 밀려오게 되었다.

어느 날 아침, 발발거리며 나타난 오동통한 체격의 간호원 P가 생글생글 웃으며,

"아저씨, 급한 일이 생겨서 그러는데 5만원만 꿔 주세요. 내일 드릴테니……."

라고 말한 것이다. 이에 S는 5만원을 빌려주지 않을 수 없었다. 아무리 장사가 안 돼도 5만원 정도의 비상금은 가지고 있었고 단골손님의 모처럼의 청이니 거절할 수가 없었다.

한데 이 계집애가 하루가 지나고 이틀이 지나고 열흘이 지나도 돈을 갚지 않았다. 이에 S는 이 아가씨가 깜박 잊었나보다 하고 생각했으며 돈이야기를 하게 되었다. 5만원을 벌려면 볼펜을 몇백자루 팔아야 하는 문구점 주인의 입장이었으니까……. 그리고 간호원 P는 백의의 천사답게 상냥한 미소를 지으며,

"여유가 없어서 갚아드리지 못했어요. 일주일 뒤에 봉급을 타니 그 때 드리겠어요."

하며 굉장히 미안해하는 표정을 지었다. 이에 S는 사정이 있어서 그런 건데 좀 더 기다리지 않고 공연한 소리를 했구나하고 생각하며 미안해했다.

그런데 그날 밤, 10시경이 되어 문을 닫으려는데 간호원 P가 다시 나타났다. 물방울 무늬의 화려한 원피스를 차려 입고서 그리고는 말했다.

"아저씨, 저 술 한 잔 사주지 않으시겠어요?"

"뭐……? 술……?"

"그래요. 나이트클럽같은 곳에 데려가 주시면 더욱 좋고요."

"임마, 헛소리 마. 지금은 문구점을 하며 늙어가고 있지만 왕년에는 처녀 잡아먹는 귀신이었어."

"그럼 잡아 먹히지요. 뭐……."

그렇게 대꾸하며 웃는 간호원 P의 눈은 색정적으로 빛나고 있

었다. 그리고 그 순간 S는 반사적으로 생각했다.

'이제 보니 이거 형편없는 계집애잖아. 아무래도 몸으로 때워 5만원을 갚겠다는 이야기 같은걸.'

S가 그런 생각을 하게 된 것은 그들 두 간호원과 원장에 대한 좋지 않은 소문을 간간이 들어오고 있었기 때문이었다.

아무튼 그녀의 몸은 5만원을 내고 안을 가치는 있는 것 같았다. 하지만 적자운영으로 인해 집의 돈을 가져다 쓰고 있는 판에 사랑놀이를 즐겨 요상한 소문이라도 나면 망신살만 뻗치게 될 뿐이었다.

때문에 S는 시들한 목소리로 말했다.

"나같이 늙은 놈과 술을 마시러 가서 뭘 하나? 정 가고 싶다면 어울리는 친구를 하나 소개해 주지."

그러자 간호원 P는 잠시 눈을 깜빡이며 뭔가를 생각하더니,

"그래도 좋아요."

하고 대답했다. 이에 S는 그녀를 근처의 다방에 가서 기다리게 하고는 한 정류장 아래서 철물점을 하고 있는 후배녀석에게 전화를 걸어,

"너 여자와 잘 생각이 있으면 지금 즉시 우리 가게 옆의 다방으로 가 봐라. 술값 몇푼 가지고…… 그리고 나한테 5만원을 지불해라."

라고 말했다.

그리하여 간호원 P는 그날 밤 S가 아닌 S의 후배 녀석과 동침했으며, 후배녀석은 다음 날 아침에 5만원을 S에게 지불했다.

이에 S는 결과적으로 돈을 받기는 했지만 하도 어처구니가 없는 일이어서 이웃점포의 주인들에게 사건의 진상을 이야기했다.

그러자 그들은

"여보쇼. S형, 그런 일이 있으면 후배보다도 우리에게 엮어줘야지. 다음에 그런 건 생기면 나에게 연결해주쇼."

하며 투덜댔다.

이에 S는 그렇게 하겠다고 약속했는데, 간호원 P는 변함없이 생글거리며 사무용품을 사기 위해 문구점에 나타나며 S 역시 변함없이 친절하게 물건을 판다.

물론 S는 두 번 다시 5만원에 대한 이야기를 꺼내지 않고 있으며, 그녀 역시 그 이야기를 꺼내지 않고 있다. 그러한 상태는 그녀가 다시 한 번 돈을 꿔가고, 또한 갚지 않을 때까지 계속될 것이다.

넘겨 봐!

그날 밤은 굉장히 추웠다. 그래서 그랬는지 모르지만 장갑 낀 손을 바바리코트 주머니에 쑤셔 넣고 들어선 그 녀석은 문구점 안에 들어와서도 손을 빼지 않은 채 거만한 목소리로 물었다.

"이봐! 꽃그림들이 인쇄되어 있는 편지지 있나?"

"예, 있습니다."

S는 그렇게 대답하면서 피가 거꾸로 치솟는 듯한 불쾌감을 느꼈다. 거만스럽게 말하는 손님이라는 작자는 이제 겨우 스무 살을 갓 넘은 애송이 녀석이었기 때문이다. 하지만 손님은 왕이고 하고 많은 장사 중에 문구점을 택한 것이 죄이니 어쩌겠는가.

"꺼내 봐!"

약간 술기운이 있는 것 같은 애송이 녀석은 다시 지시했고 S는 끓어오르는 울화통을 애써 누르면서 편지지를 꺼내 놓았다.

그러자 그 녀석은 크린트 이스트우드같은 폼으로 버티고 선 채 또 한 번 지시했다.

"넘겨 봐!"

S는 원래 양순한 성격의 친구인데 그 말을 듣는 순간 더 이상 참을 수가 없었다. 아무리 먹고 살기 위해 하는 짓이라지만 몇째 뻘 동생같은 녀석에게 이래라 저래라 소리를 들으니 갑자기 미쳐

버릴 것 같은 기분이 되고 말았다.

　S는 동작을 멈춘 채 그·녀석을 조용히 응시했다. 그러자 그 애송이 녀석은 두 눈을 껌벅이며 다시 입을 열었다.

　"뭘 하고 있는 거야. 어서 넘겨 봐! 안의 편지지를 봐야 사든지 말든지 할 것 아닌가!"

　S가 덮치듯이 그 애송이 녀석에게 덤벼든 것은 바로 그 순간이었다.

　"쌍놈의 새끼같으니……."

하고 내뱉으며 그 녀석의 멱살을 잡은 S는 그 녀석을 벽에 밀어붙이며 주먹으로 쥐어박기 시작했다. 녀석은 캑캑거리며 발버둥을 쳤다. 이에 S는 '이런 녀석 때문에 진열장이라도 깨지면 나만 손해다'라고 생각했으며 녀석을 문밖으로 밀어낸 뒤 다시 두들겨 팼다.

　이웃 점포의 주인들이 뛰어나와 그를 말렸고, 그 녀석은 뒤늦은 사죄를 하고 도망치듯 사라져 버렸지만 그날 밤의 S의 가슴은 견딜 수 없이 허탈하고 괴로웠다. 매서운 바람이 가슴 속에까지 파고들어 휘몰아치는 것처럼…….

씨 파는 집

앞에 소개한 애송이 녀석보다 한 술 더 뜬 녀석의 이야기다.

그 녀석이 나타난 시간은 늦은 밤이었다고 한다. 얼큰하게 취해 술냄새를 풍기면서 들어선 30대의 그 작자를 보는 순간 S는 '아이들에게 줄 장난감이라도 사려고 온 손님인가보다'하고 생각하며 친절하게 그를 맞았다.

한데 S의 추측은 빗나갔다.

그 사나이는,

"말 좀 물읍시다. 여기 씨 파는 데가 어디요?"

하고 물었다. S는 가벼운 실망감을 느끼며 대답해 주었다.

"글쎄요. 옆집이 꽃가게인데 씨도 파는지 모르겠습니다. 아무튼 가서 물어보시지요."

그러자 사나이는 '꺼억'하고 트름을 하더니 손을 저으며 말했다.

"아냐. 그게 아니야! 씨를 파는 집을 찾는 게 아니야."

"예……?"

S가 의아해하며 반문하자 그 사나이는 히죽하고 웃었다. 그리고는 S의 어깨를 툭툭 치며 말했다.

"이봐! 당신. 남자가 왜 그래? 나는 X하는 데를 찾고 있는 거야. 이 근처에 끝내 주게 서비스를 잘 해주는 여관이 있다고 들었는데 어느 집이지?"

S는 그 순간 그 자리에 마누라가 없는 것을 천만다행으로 여겼다. 동시에 그 작자의 얼굴에 따귀를 올려붙이며 발로 차서 밖으로 내쫓았다. 그리고는 몇 대 더 쥐어박았다. 역시 이웃 점포의 주인들이 놀란 얼굴로 뛰어나왔지만 S의 짧은 설명을 듣자 아무도 그 술주정뱅이를 도와주려고 하지 않았다.

사건의 내막

매일 적자만 보는 장사를 계속한다는 것은 정말로 피곤한 일이다. 하지만 그렇다고 해서 문을 열지 않을 수도 없는 일이다. 그것도 남들보다 이른 시각에…… 그렇게 하지 않으면 적자 프러스 알파의 결과로까지 처박히게 되니까…….

때문에 S는 그날 아침에도 새벽녘에 일어나 이빨 닦고 세수하고 밥 먹고 바람처럼 문구점으로 달려가 큼지막한 자물통을 포옴을 잡으면서 열었다. 한데 바로 그 때였다.

"아니, 왜 이러세요?"

"여보쇼, 우린 아무 잘못도 없어!"

하는 남녀의 목소리가 합주곡처럼 들리더니 바로 옆에 위치한 다방에서 레지년인 A양과 중년의 사나이가 모습을 나타냈다. 그리고 파출소의 낯익은 순경이 뒤따라 나타났다.

"나는 그냥 잠만 잤단 말예요!"

"나도 잠만 잤소. 정말이라니까!"

두 남녀는 다시 말했다. 그러자 순경은 소리치듯 말했다.

"할 말들이 있으면 파출소에 가서 해요!"

S처럼 하품을 하며 점포문을 열기도 하고 비질을 하던 이웃 점포 사람들은 그 모습을 지켜보며 킥킥댔다.

"잠만 잤다니……. 도대체 무슨 소리지?"

"A양 저 년, 얌전한 애로 봤는데 형편없군. 사내놈을 다방에까지 끌어들여 그 짓을 하다니……"

"그나저나 외통수로 걸려 들었구나. 저 작자의 마누라가 뒤를 밟아 순경과 함께 들이닥쳤나 보지?"

두 남녀가 파출소 쪽으로 사라진 뒤에도 A양에 대한 이야기는 새벽 빛 속의 작은 화젯거리가 되었다.

"얌전한 강아지가 부뚜막에 먼저 올라간다는 옛말은 역시 맞아."

"정말이야. 정말 앙큼스러운 년이야."

"하긴 그 맛을 알 나이도 됐지. 계집애 나이 스물이면 적은 나이인가? 상대가 처자식이 있는 늙어빠진 녀석이라는 점이 잘못된 거지."

그들은 마치 두 남녀의 정사 장면을 목격하기라도 한 것처럼 떠들어댔다.

시계바늘이 9시를 마악 지나갔을 무렵 지물포와 담배가게를 함께 하고 있는 H씨가 S의 문구점에 들어섰다.

그리고는 묘한 웃음을 지으면서 말했다.

"이봐! 내가 차 한 잔 살까?"

"차? 좋지!"

"그럼 두 잔 시키라고…… 궁금하긴 한데 채면상 나 혼자서 물어볼 수가 있어야지."

"물어보다니…… 뭘……?"

"에이, 다 알면서 괜히…… A양에 대한 얘기 말이야."

"뭐……!"

S는 어이없는 표정을 지으며 싱겁게 웃었다. 담배가게 주인인 H씨는 아침에 목격한 A양과 늙은 작자에 대한 좀 더 확실한 진상을 합동작전으로 알아내기 위해 그 곳에 나타난 것이었다.

"젠장, 담배를 많이 팔아 배가 부르니 별 일에 다 신경을 쓰는 군. 그런 건 알아서 뭘 해? 한 세상 살아가노라면 그런 일이 생겨날 수도 있는 거지."

S가 관심없다는 듯이 대꾸하자 H씨는,

"그럼, 내가 주문하지."

하더니 다방에 전화를 걸어 석 잔의 커피를 주문했다. 자상한 설명을 해줄 레지의 몫까지……

차를 배달해 온 여자는 30대인 그 다방의 월급 마담이었다. H씨는 그녀의 엉덩이를 슬슬 어루만지며 이런 이야기 저런 이야기를 몇 마디 지껄이더니 갑자기 매우 걱정스럽다는 듯한 표정을 지으며,

"한데, A양 그 아이 도대체 어떻게 된 거야?"

하고 물었다. 그러자 월급마담은,

"어머, 잡혀가는 걸 보셨어요?"

하고 반문하더니 한 손으로 입을 막으며 킬킬대기 시작했다.

"도대체 그 늙어빠진 친구와 언제부터 그렇고 그런 사이가 된 거야? 난 정말로 깜짝 놀랐다고."

H씨는 그렇게 말하면서 담배를 꼬나물더니 S를 향해 한쪽 눈을 찡긋했다. 수다스러운 그녀의 입에서 흘러나올 핑크빛 무드의 이야기를 기대하라는 뜻이었다.

월급마담은 이윽고 이야기를 시작했다.

"A양 그 애는 주인아주머니가 꽤나 신경을 써 주고 있었는데 바보같은 짓을 했어요. 서울에 친척도 없고 하숙을 하며 출퇴근할 처지도 못 돼서 다방 안에 있는 방에서 숙식을 하도록 해주기로 했는데……"

"그건 나도 알아. 서론은 빼고 본론만 이야기 해. 도대체 언제부터 그 치를 그 방에 끌어들인거야?"

H는 담배연기를 내뿜으며 피의자를 심문하는 형사처럼 물었다.

"어제가 처음이래요."

"그래? 하지만 그런 말을 믿을 바보가 어디 있나?"

"한데 어쩌다가 꼬리를 잡히게 된 거야? 재수없이 ……"

"글쎄, 그게 …… 문도 열지 않은 꼭두새벽에 커피를 마시러 온 손님이 있었나본데 안에서 화투 치는 소리가 나니까 신고를 했나 봐요."

"뭐? 화투 치는 소리? 아니 꼭두새벽이면 그 짓이나 한 번 더 할 거지 화투는 왜 쳤을까?"

H씨는 이야기가 갑자기 엉뚱한 방향으로 흘러간다고 생각하며

반문했고 그 순간 S는 배를 잡으며 웃어대기 시작했다. 그러자 월급마담은 의아해하는 표정을 지으며 다시 입을 열었다.

"그 짓을 하다니 도대체 무슨 말씀을 하시는 거지요? A양은 다방에 자주 오는 그 손님들이 고스톱을 친다기에 2만원을 받고 방을 빌려줬던 거예요. 그리고 A양과 함께 잡혀간 손님은 새벽녘에 돈을 다 잃고 잠을 자고 있었던 거지요. 때문에 다른 사람들은 모두 뒷문으로 도망쳤는데 혼자만 잡히게 된 거지요."

"그…… 그래? 진짜 스토리는 그렇게 된 것이었나, 난 그것도 모르고……."

H씨의 목소리는 어느샌가 맥이 빠져 있었다. 그는 계면쩍은 표정으로 월급마담의 시선을 피해 S쪽을 보더니 다음 순간 큰 소리로 웃어대기 시작했다. 마치 실성한 사람처럼…….

귀신같은 여자

바로 앞에 소개한 '사건의 내막'까지를 쓴 뒤에 S의 문구점에 찾아갔다. 개같은 솜씨로 그를 모델로 한 글을 쓴 것에 대해 양해를 구하기 위해서였다.

"야, 네게 들은 이야기들이 재미있어서 쓴 것이니 마음에 들지 않는 부분이 있더라도 양해해라."

하고 말했더니 S는 히죽 웃으며 대답했다.

"쓰는 건 좋은데 가명으로 썼겠지. 아무튼 책 나오면 한 권 가지고 와라. 아참, 이 동네에도 글 쓰는 여자가 있어. 모 방송국의 연속극 각본을 쓴다는군."

때문에 나는 바보처럼 마주 웃어주며 대꾸했다.

"안 됐다. 그런 여자가 네 이야기를 썼어야 좋았을 텐데."

그러자 S는 머리를 좌우로 흔들었다.

"글쎄, 한데 그 여자 글 쓰는 재주는 어떤지 모르지만 마음에 안 들어. 이건 도대체가 가끔 물건을 사러 나타나면 '미스터 S 안녕'하며 친구나 되는 것처럼 말하는 거야."

"글 쓰는 여자라니 그럴 수도 있는 거지 뭐……. 그리고 친구처럼 지내서 나쁠 것도 없지 않냐?"

내가 그녀를 옹호하며 말하자, S는 이맛살을 찌푸리며 투덜거렸다.

"야, 야, 끔찍한 소리 그만 둬라. 젖통은 육시를 할 정도로 큰데 그 위에 달린 주머니에 담배를 넣고 다니며 아무데서나 뻑뻑 피워대는 꼴은 도저히 못봐 주겠어. 그건 둘째치고 머리도 빗지 않고 다니는 것 같아. 글을 쓰는 사람들은 대개 그렇다지만 부수수한 머리를 앞세우고 나타나면 귀신을 보는 것 같아."

"야, 너는 지나치게 깔끔한 편이라 그렇게 보게 되는 거지. 그런 점이 바로 그 여자의 매력일 수도 있는 거야."

"거참, 그런 이야기와는 번짓수가 틀린 여자라니까. 아무튼 설마 그런 일이야 생겨나지 않겠지만 나를 좋아한다고 말할까봐 걱정이다. 그걸 안을 바에야 오팔팔에 가서 갈보를 안는 것이 낫지."

"그토록이나 못 생겼냐? 누구지? 이름이……:"

"글쎄, 이름은 잊어 먹었는데 도대체 이해가 가지 않는 일이야.

그런 귀신같은 괴물이 많은 사람들을 울리고 웃기는 드라마를 쓴다니…… 그나저나 이틀 전에 다녀갔으니 다시 나타날 때가 됐는데…….”

“이봐, 그 여자 혹시 진짜로 너에게 관심이 있는 거 아니냐? 드라마 작가라면 이틀만에 한 번씩 문구점에 올 정도로 한가하지가 않을 텐데…….”

나는 다시 짓궂게 웃으며 반문했다. 한데 그 순간 이상한 일이 벌어졌다. S가 느닷없이…….

“한데 말이야. 대학생들의 데모 때문에 장사가 영……”

하고 말하며 머리를 긁적였다. 이에 나는 반사적으로 등뒤쪽을 돌아다보게 되었는데 T셔츠 주머니에 담배갑을 넣은 큰 젖가슴을 가진 한 여자가 들어서고 있었다.

“미스터, S 안녕!”

하고 말하며…….

그 여자는 내가 보기에는 귀신같아 보이지 않았지만 S가 말한 바로 그 귀신인 것 같았다.

"여보 그렇게 이상한 표정 짓지 말아요. 요즘 세상에 이렇게 싼 셋집이 어디 있나고요."

13.
음란한 여인들, 악독한 여인들

제나라(齊國)의 여자들

『맹자(孟子)』에 보면 《화주와 기량의 아내들이 그 남편이 전사했을 때 너무나 슬프게 통곡해서 나라의 풍속까지 변했다》라는 귀절이 있다.

화주와 기량은 둘 다 춘추시대 때의 제(齊)나라 용사들로서 거(莒)나라와의 싸움에 선발대로 나갔다가 화주는 중상을 입고 기량은 전사 했다.

제나라의 서울 교외에다 기량의 시체를 빈(殯) 하자 기량의 아내 맹강(孟姜)이 성 안에서 나와 3일 낮 3일 밤을 노숙하면서 남편의 관을 어루만지며 통곡했다.

나중에는 눈물이 말라버리고 두 눈에서는 붉은 피가 줄줄 흘러내렸다. 통곡한 지 3일째 되던 날, 문득 제나라의 성이 크게 진동하면서 무너져 버렸다.

제나라 사람들은 성이 무너진 것은 맹강의 기막힌 슬픔과 피나는 정성과 사무친 한 때문이라고 했다.

제장공(齊莊公)이 맹강에게 슬픔을 조상하자 맹강이 재배하고 아뢰었다.

"세상을 떠난 첩의 남편에게 죄가 있다면 상감님의 조문을 감사히 받겠습니다. 하지만 만일 첩의 남편에게 죄가 없다면 비록 가난하고 보잘것 없는 지체지만 그래도 고인의 집이 성안에 있는데 어찌 그 시체를 교외에다 빈할 수 있겠습니까. 자고로 상주는 교외에서 문상을 받지 않는다고 하옵니다."

참으로 깔끔하고 매운 여행(女行)이었다. 제장공은 크게 부끄러워하며 기량의 위패를 그 집으로 옮기고 다시 사람을 보내어 문상하게 했다.

중상을 입은 화주도 몇 달 후에 죽고 말았다. 화주의 아내도 맹강과 마찬가지로 슬피 통곡했다.

맹자가 화주와 기량의 아내들을 내세워 나라의 풍속까지 변하게 했다는 것은 바로 문강(文姜)의 불륜을 풍자한 것이기 때문이다.

문강은 화주와 기량의 아내들보다 약 140년 전의 제나라 공주로서 춘추시대 초기의 으뜸가는 국색(國色)이었다.

그녀는 노(魯)나라의 노환공(魯桓公)에게 시집가기 전부터 이미 세자인 오빠와 불륜의 관계를 맺고 있었다.

오빠가 아버지의 뒤를 이어 제양공(齊襄公)이 됐을 때, 이들의 관계를 눈치챈 노환공이 제나라에 초대를 받아 갔다가 차중(車中)에서 피살되자 이들 남매의 치정은 제양공이 암살당할 때까지 계속됐다.

『시경(詩經)』『제풍(齊風)』에 실려 있는 11편 중의 절반이 이들의 난륜을 풍자한 것이니 이 스캔들이 얼마나 춘추 전국시대애 널리 퍼졌던가를 알 수가 있다.

그러잖아도 예로부터 호사불출문(好事不出門), 악사전천리(惡事傳千里)라 하지 않는가.

문강의 언니 선강(宣姜)도 위(衛)나라 위선공(衛宣公)의 아들

급자(急子)에게 시집을 갔으나 음탕한 위선공이 신부가 천하 일색이더라는 말을 듣고 가로채는 바람에 그녀는 늙은 시아버지와 살게 됐다.

문강의 조카딸 애강(哀姜)은 또한 노나라 노장공에게 시집을 갔다가 노장공의 서형 공자 경부와 간통하고 변란까지 일으켰다.

그러니까 제나라의 여자들은 음행으로 부도를 어지럽혔으나 맹강과 같은 열녀가 있었기 때문에 맹자가 나라의 풍속까지 변했다고 한 것이다.

『예기(禮記)』에 《예(禮)는 부부의 도리를 삼가는 데에서 부터 시작한다. 남편은 밖에서 거처하고 아내는 안에서 거처한다. 오직 70세가 된 뒤에야 부부가 한 곳에 거처하고 안팎을 구별하지 않는다.》라고 했다.

그리고 《아내의 옷을 감히 남편의 옷걸이에 걸지 못하며, 감히 남편의 옷상자에 넣어 두지 못하며, 감히 욕실을 같이 쓰지 못한다》라고 했다.

이렇듯 남존여비(男尊女卑)가 철두철미했던 그 시대에 왕실의 공주들이 오빠와 놀아나고 시숙과 간통하고 시아버지와 살았다고 하면 제나라 여자들은 성이 무너지도록 열녀노릇하기 전에야 어디 체면을 세울 수나 있었겠는가.

《얼굴은 사람이지만 속마음은 짐승과 같다》라고 사마천(司馬遷)이 말한대로 난륜이란 예나 지금이나 삼강오륜을 더럽히는 행위로서 짐승과 같다고 일러온다.

맹강에 대해 읊은 다음과 같은 옛 시가 있다.

높은 충용(忠勇)을 잊지 못할 때면 기량을 생각하노니

슬픈 통곡 소리에 성이 무너진 것도 보통 일이 아니로다
오늘 날은 제나라 풍속이 되었지만
과부가 슬피 우는 것도 맹강을 배운 때문이리라

"두 남편과 살고 싶어요"

'두 남편과 같이 살면 안 될까요?'

수 년 전 미국의 『선』지는 1년 이상 이중생활을 해 온 미국 캘리포니아 주의 낸시 블레이크(31)가 중혼죄로 차가운 철창 속에서 두 남자를 사랑했던 정열을 식히고 있다고 전했다.

두 남편을 다 거느리고 싶었던 낸시 블레이크가 두 번째 남편 조지 클레몬스(34)를 만난 것은 지난 99년 1월 신년파티에서였다. 이들은 만나자마자 누가 먼저랄 것도 없이 한 눈에 반했다. 이때 이들의 감정은 사랑이라기보다는 육욕이었다. 기혼자인 이들은 배우자와 이혼할 의사가 있는 것도 아니면서 일단 불륜관계를 맺었다. 여기서 이들의 관계가 끝났으면 한 때의 혼외정사로 용서를 받았을 지도 모른다. 그러나 육욕이 사랑으로 변했다.

"부부가 되고 싶다는 생각 밖에는 없었다."는 이들은 결국 비밀 결혼식을 올렸고 글렌데일에 살림까지 차렸다. 일주일에 2~3일씩 이들은 직장일을 핑계대고 이 곳에서 살았다. 조지가 직장 일을 보는 동안 낸시는 보험외판을 했다.

"전 끝까지 양쪽집을 다 잘 지킬 수 있었어요."라는 낸시는 탄로가 난 데 대한 아쉬움을 감추지 못했다. 낸시에게는 피터라는 듬직한 남편과 두 아이들이, 조지에게는 샤론이라는 현숙한 부인과 두 아이들이 있었고 이들은 모두 가정을 깨고 싶은 마음이 추호도 없었다. 그래서 이혼은 꿈도 꾸지 않았다고 뻔뻔스럽게 말했다.

샤론이 조지의 재킷에서 낸시의 편지만 발견하지 않았더라면 관계가 계속됐을 지도 모른다. 그러나 샤론은 '사랑하는 남편에게'라고 시작해서 '당신의 사랑하는 아내가'로 끝맺은 편지를 찾아낸 것이다. 물증을 확보한 샤론이 조지를 다그치자 이실직고했고 분한 마음에 눈물을 흘리던 샤론이 그들을 고발해 버렸다.

"나는 조지를 사랑하긴 하지만 그렇다고 해서 피터와 두 아이들을 잃고 싶지도 않았다."고 말하는 낸시는 조지는 매력이 넘치는 남성으로 사랑에는 프로지만 책임감이 부족하고 피터는 성실하고 믿음직한 반면 좀 둔한 편이라고 평했다. 섹스 면에서도 피터는 섹스에 큰 의미를 두지 않아 몇 달이고 낸시를 찾지 않았지만 조지와는 늘 정열의 불꽃이 뜨겁게 타올랐다는 것이다. 철창 신세를 지고 있던 낸시는 "후회하지는 않는다."라고 말해 주위 사람들을 당혹스럽게 만들었다.

"몸매 위해 아이 쯤이야"

11년 동안 무려 18번이나 낙태를 감행한 '낙태의 여왕'이 있다. 미국 콜로라도 주 덴버에 사는 수잔 캐널러(25)라는 여성은 피임기구를 사용하지 않는 섹스를 즐기는데 그러다가 임신하게 되면 가차 없이 낙태를 일삼았던 악명 높은 여인이다.

미국의 『위클리 월드뉴스』 최근호에 따르면 직업이 비서인 수잔 캐널리가 처음으로 낙태를 한 것은 14살 때였다. 그 후 지난 11년 동안 무려 18번이나 낙태를 했다. 1년에 1.5회 꼴, 그녀가 이처럼 낙태를 밥 먹듯 하는 이유는 간단하다.

"이 세상에 섹스보다 더 좋은 것은 없어요. 하지만 피임기구를 사용하는 것은 정말 싫어요. 또 아기를 갖는 것도 싫어 하구요. 그래서 낙태수술로 임신을 피하고 있는 거지요."

활달한 목소리의 이 여비서는 또 자신의 몸매를 유지하기 위해 낙태를 하고 있다고 덧붙였다.

"신은 내게 예쁜 얼굴과 쭉 빠진 몸매를 선사했어요. 하지만 출산하게 되면 내 육체를 망가뜨릴 거예요. 또 아기를 키울 자신도 없지요. 난 내 몸매를 유지하려고 무척이나 애를 써 왔어요. 그것이 취미죠. 먹는 것 하나하나도 신경 쓰고 일도 규칙적으로 하려고 노력해요. 아기를 가지는 일 때문에 내 몸매를 망칠 순 없지요."

한 마디로 피임도 싫고 출산도 싫다는 것이 그녀의 지론이다.

이러한 그녀에 대해 미국낙태 반대협회의 대변인은,

"그녀는 어떤 살인자보다도 더 악랄하다."며,

"그녀는 낙태가 손쉬운 선택이라고 생각하는 여성들 중에서도 가장 구역질나는 표본이다. 낙태는 엄염한 살인행위"
라고 비난했다.

심지어 몇몇 여성해방운동가들도 "섹스밖에 모르는 방탕한 성생활 때문에 에이즈나 성병에 감염될 가능성은 말할 것도 없고 지나친 낙태 때문에 그녀는 조롱거리가 되고 있다."고 비웃었다. 하지만 수잔은 이런 비난에도 아랑곳하지 않았다.

"누가 뭐라든 난 개의치 않아요."

그녀는 고아원에서 14살 때 도망쳤으며 그 후 7개월 만에 첫 낙태수술을 했다.

수잔 캐널리는,

"나는 거의 대부분분 기혼자들이나 매우 친한 친구들과 잠자리를 함께 해요. 물론 에이즈에 걸릴 위험도 있지요. 하지만 콘돔이 없는 섹스여야 매우 짜릿해요."
라고 떳떳하게 말했다.

이 잡지는 마지막으로 그녀의 이러한 행동에 대한 독자들의 의견을 보내 달라고 덧붙였다.

슬픔이 분노로 변한 장례식

어느 날 갑자기 사랑하는 아내가 자동차 사고로 참혹하게 죽는다. 슬픔에서 헤어나지 못 하고 있는데 아내의 남편이라는 남자가 나타난다. 그것도 둘씩이나……:

'당신에게 만약 이런 일이 일어난다면 부관참시(剖棺斬屍)라도 하고 싶은 심정이 되지 아닐까!' 지금 프랭크 감비노 씨(41·뉴저지 주)의 심정이 이렇다.

근착 미국의 주간지 『선』은 아내를 잃은 슬픔이 순식간에 분노로 변한 감비노 씨의 어처구니 없는 사연을 전했다.

아내 린다(42)가 뉴저지 주 애틀랜틱시티 근처 도로에서 차가 빗길에 미끄러져 전신주를 들이받아 즉사하지만 않았더라면 감비노 씨는 이런 사실을 까맣게 모른 채 자신의 결혼생활에 만족하고 살았을 지도 모른다.

그러나 사고 후 수습을 하던 경찰이 그녀의 소지품을 정리하다가 이 같은 엄청난 비밀을 밝혀낸 것이다. 소지품에 의하면 남편이 감비노 씨와 로렌스 재너(52·델라웨어 주), 2명이나 됐던 것이다. 경찰의 연락을 받고 달려온 이들 두 사람은 참으로 기가 막혔지만 어쩔 수 없이 합심하여 아내의 장례식을 치렀다. 그런데 더욱 어이가 없는 것은 그 후에 일어난 일이었다. 펜실베니아

주에 사는 제임스 앨린 씨 (47)가 허겁지겁 달려온 것이다. 앨린 씨는 TV에서 아내의 교통사고 소식을 보고 경찰에 연락했던 것이다.

이 교통사고 처리를 맡았던 경찰은 "살다가 참 별일을 다 봅니다. 한 남자가 '내가 피해자의 남편'이라며 나타났는데 1시간도 채 안 되어서 다른 남자가 자기가 피해자의 남편이라니……. 더욱 기가 찬 건 두 사람이 다 결혼 증명서를 가지고 있더라 이겁니다."
라고 말했다.

"세 사람을 각각 조사한 결과 경찰은 이들 세 사람이 모두 죽은 린다의 남편임을 믿지 않을 수 없었다.

린다의 친척이나 친구들은 3명을 다 남편으로 일정한 경찰의 처사에 분통을 터뜨리지만 경찰은 어쩔 수 없다는 반응이었다. 가족이나 친척들은 각각 자기가 알고 있는 남편이 진짜 남편이며 나머지 남편들은 불순한 생각(보험금이나 퇴직금 같은 것을 노린……)을 가진 자라고 주장했지만 세 사람 다 남편임을 입증할 수 있는 물증을 가지고 있는 것이다.

"죽은 린다 부인은 뉴저지와 델라웨어, 펜실베니아 주를 누비던 성공한 의약품 공급회사의 세일즈우먼이었습니다. 직업상 집을 떠나는 일이 많았기 때문에 이같은 중혼(重婚)이 가능했던 것 같습니다. 그녀의 남편들은 그녀가 출장 가서 다른 남편의 품에 안겨 있었다는 건 꿈에도 생각하지 못했을 겁니다."

이같은 검찰의 말은 더욱 세 남편의 가슴을 분노로 끓어오르게 만들었다.

주지육림

중국 역사상 최초의 악명 높은 여인은 기원 전 17세기 때 하
(夏)나라 마지막 폭군 걸왕의 총비인데 그녀의 이름은 말희라고
한다.

한 여자가 나라를 망친 최초의 기록도 그녀는 남겨 놓고 있다.
말희는 유시후(有施候)의 막내딸로서 걸왕이 유시후의 나라를 멸
망시키고 얻은 천하절색이었다고 한다.

그녀는 취미도 남달라서 어릴 때부터 남자 옷을 입고 허리에
칼 차기를 좋아했으며 승마와 사냥을 즐겼다.

성격 또한 어찌나 잔인했던지 언젠가 토끼 사냥을 갔다가 화살
이 빗나가서 몰이꾼을 맞추었는데 그 몰이꾼이 괴롭게 죽어가는
광경을 보고 어떤 쾌감을 느껴 그 때부터 사람 죽이는 것을 큰
즐거움으로 삼았다.

원래 걸왕은 뛰어난 지용(智勇)을 갖춘 천자였다.

그렇건만 희대의 염녀(艶女) 말희에게 매혹되어 제왕으로서의
모든 권력과 부력(富力)을 몽땅 기울여 사치를 극한 음락(淫樂)에
빠져들어갔다.

그는 그녀를 위해 보석과 상아로 장식된 호화로운 궁전을 지었
으며 그 깊은 내전에는 옥으로 장식한 침대를 만들고 밤마다 향

락을 누렸다.

그리고 온 나라에서 뽑아들인 3천 명의 미소녀들에게 오색이 찬란한 옷을 입혀 무악(舞樂)의 놀이를 시키며 즐기기도 했다.

뿐만 아니라 말희의 제안으로 궁궐 후원에 커다란 연못을 팠다. 그 연못 바닥에 흰 자갈을 깔고 거기다가 향기로운 미주(美酒)를 아낌없이 가득 채워 술의 못을 만들었다.

연못 가장자리엔 고기를 쌓아 산을 만들고, 그 주변에다는 육포(肉脯)로 숲을 이루었다.

그래 놓고 걸왕과 말희는 자그마한 배를 타고 주지(酒池)에서 뱃놀이를 했다. 못가에서는 3천 명의 미소녀들이 음악에 맞추어 춤을 추면서 즐거움을 돋구었다.

그러나 이 놀이도 차츰 시들해 갔다. 그래서 곱사등이와 애꾸눈 같은 불구자들과 광대, 가수, 배우 그리고 아첨하는 무리들을 궁중에 끌어 들이고 이들과 3천 명 미소녀들을 발가벗겨 함께 주지육림에 풀어 놓았다.

북소리가 한 번 울리면 이들은 주지에 달려가 술을 마신다. 두 번째 북이 울리면 육림에 달려가 고기를 뜯어먹는다. 두 손을 일체 쓰지 않고 먹고 마시기 때문에 그 광경은 마치 굶주린 야수떼들이 서로 먹이를 쟁탈하는 모양과 같았다.

마지막으로 세 번째 북이 울리면 이번에는 알몸의 남녀들이 서로 짐승처럼 야합(野合)한다. 상상해 보라. 그 비명, 신음소리……. 쫓고 쫓기고 싸우다가 본능적으로 생명의 원욕(願慾)을 연소시키는 광경을.

걸왕과 말희는 이같은 일대 난장판을 흥겹게 바라보면서 함께 날뛰곤 했다. 이것이 저 유명한 주지육림(酒池肉林)의 놀이였다.

이런 어처구니 없는 광연의 비용 때문에 국고가 바닥이 나자, 걸왕은 백성들의 재산을 빼앗아 이에 충당하게 했다. 하(夏)나라 의 것은 모두 임금인 자기의 것이라는 생각으로.

관용봉이라는 충신이 보다 못해 걸왕에게 '만일 천도를 어기시 면 나라가 멸망하리다'라고 간(諫)했더니 '해가 망하는 일이 있더 냐? 만일 해가 망하면 짐도 망하리라'하고 걸왕은 관용봉을 죽여 버렸다.

이 때부터 백성들은 걸왕을 태양에다 비기고 '이 태양이 망할 날은 언제인고, 우리들은 너와 더불어 망하리'하고 노래 부르며 걸왕을 저주했다.

이런 인심의 움직임을 정확하게 살핀 사람이 있다. 그 때까지 하왕조에 얽매어 지내면서도 국력을 키우고 있던 제후의 한 사람 인 은나라의 탕왕(湯王)이다.

『서경(西經)』 탕서(湯誓)에 보면 다음과 같은 말이 있다.

오너라. 너희들 모두 내 말을 들으라. 나는 감히 난을 일으킴이 아니요, 걸왕이 죄가 많기로 천명이 이를 치게 함이로다.

이는 탕왕이 여러 제후들이 협력을 받고 걸왕을 타도하기 위해 군사를 일으켰을 때의 맹서이다.

마침내 걸왕은 탕왕의 연합군을 맞아 싸우다가 크게 패하여 남 소(南巢)라는 곳에서 지결하고, 말희는 우물에 빠져 죽었다.

이래서 《하》 나라는 멸망하고, 탕왕이 천자가 되어 은왕조(殷王 朝)를 세웠다. 이것이 중국 역사상 최초의 혁명이었다.

탕왕은 걸왕을 무찌르고 나서 '후세에 나로써 구실을 삼을까 두렵다'하며 자신으로 말미암아 무력에 의한 혁명의 전통이 세워질 것을 우려했다고 한다.

'무기를 들고 싸우는 경우, 전쟁하게 됨을 슬퍼하는 쪽이 승리하게 마련이다.' — 노자의 말이다.

탕왕이 걸왕의 학정을 보다 못해 부득이 혁명을 일으켰고, 또 그가 이 과업을 성취했다 해서 백성들은 성탕(成湯)이라며 칭송했다.

13년간 남편을 감금한 아내

혼외정사가 발각되자 정부와 함께 남편을 13년 동안이나 감금해 버린 여자. 독부열전에 이름을 올려도 손색이 없을(?) 브라질의 한 여인이 최근 경찰에 잡혔다는 소식이 전해져 화제다.

근착 미국의 『내셔널 인콰이어러』지를 통해 그 악명을 세계에 알린 여성은 브라질의 수도 브라질리아 근처 농촌에 사는 마리아 실바라는 여인이다. 그녀는 정부와 함께 잠자리에 있다가 남편 호세 실바(42)에게 들키자 창고 속에다가 남편을 감금해 버린 것이다.

"마치 미친 개를 묶어 두듯 사슬에 묶여 감금당했었습니다. 죽기 전에 다시는 햇빛을 보지 못 하리라 생각했는데……."

13년 전 그 날, 호세는 참 재수가 없었다.

수도 근처의 농촌이라곤 하지만 워낙 정글지대인데다가 인가도 드문 곳에서 농삿일을 하던 호세는 아무 생각없이 집 안에 들어섰다가 못 볼 것을 보고 말았다. 아내 마리아가 새 애인 자오페레이라를 침대로 끌어들였던 것이다. 너무 놀라 정신을 못 차리고 있는 동안 마리아와 자오는 적반하장으로 총구를 호세의 머리통에 들이댔다. 그러곤 식료품을 보관하기 위해 마련된 부엌 옆에 있는 1평이나 될까 말까한 창고에 밀어 넣었다. 물론 그 곳에는 유리창이 없어서 빛 한 점 들어오지 않았으며 해먹(그물그네) 과 요강 밖엔 없었다. 문짝에 못질까지 한 이 패륜남녀는 하루에 한 번씩 문틈으로 삶은 콩과 밥을 끼니로 줬을 뿐이다.

원래 간질병이 있던 호세는 처음 갇혔을 때 비명을 지르면 누군가 달려와서 자신을 구해 주리라 믿었으나 곧 포기하고 말았다. 아내가 "소리 질러봐야 아무 소용없어. 당신이 병 때문에 미쳐서 정글 속으로 달아났다고 소문을 냈거든."하고 말하는 게 아닌가!

구원의 빛은 어디서도 보이지 않는 가운데 호세는 점점 바보처럼 돼갔다.

알 수 없는 것이 여자의 심리인 듯 그런 가운데도 마리아는 호세의 생일을 기억하고는 별식을 만들어 주곤 했다.

"하루는 식사로 닭고기가 들어왔어요. 내가 물었죠. '웬 고기냐'고 그랬더니 마리아는 '오늘이 당신 생일이야. 그러니 닥치고 먹기나 해'하더니 해마다 한 번씩 특별한 음식을 줍디다. 기가 막혀서……'

이렇게 13년을 살면서도 그는 항상 기도했다. 그리고 마침내 그의 소원이 이뤄졌다.

세상에 비밀은 없는 법인지 그가 살아있다는 소문이 사방으로 퍼졌고 브라질리아에 살고 있던 호세의 사촌이 검찰에 수사를 의뢰했다. 담당검사 마노엘 네토 검사가 경찰과 함께 집 주위를 조사하게 되었고 마침내 호세를 찾아낸 것이다.

경찰이 급습하자 정글로 줄행랑을 쳤던 마리아 실바와 자오 페레이라는 체포돼 지금 수감돼 있다.

질투가 기가 막혀

'남편들이여 질투심 많은 아내를 조심하라.'

미국 오클라호마 머스코기에 사는 돌로레스 리브스(38) 부인은 타오르는 질투심을 억제치 못 해 남편 팔뚝에 새겨진 딴 여자 이름의 문신을 물어뜯어 제거했다고 근착 미국의 주간 『선』지가 전했다.

돌로레스 부인의 입 속으로 뜯겨 나간 부분은 남편 멜빈 리브스(40)의 오른팔뚝에 새겨진 붉은 하트 모양과 그 안에 뚜렷이 박힌 루비라는 여자의 이름이다.

주차장 관리인으로 일하는 롤로레스는 "남편이 가는 곳마다 루비라는 여성이 따라다니는 것 같았다. 더구나 남편과 잠잘 때는 마치 셋이 자는 듯한 기분이 들었다."고 자신이 한 행동을 변명했다.

이웃 주민들로부터 질투의 화신으로 불리는 그녀는 "5년 전 결혼한 이래로 그 문신을 볼 때마다 참을 수 없었다"라며 불평해 오던 차에 남편이 만취해 들어온 날 이처럼 큰사고를 쳤다고 한다.

팔이 너무 아파 잠에서 깬 멜빈은 "방 안이 온통 피로 범벅이 돼 있었다. 특히 돌로레스는 배고픈 큰 쥐처럼 이를 갈며 씩씩대고 있었다."고 당시를 떠올렸다.

하트 모양의 문신은 6년 전, 돌로레스를 만나기 1년 전에 새긴 것이었다. 당시 사귀고 있었던 루비에게 '사랑하는 마음을 변치 말자'는 취중 약속과 함께 하트 모양 문신 안에 그녀의 이름을 새겼다.

하지만 그 약속은 몇 주 지나지 않아 깨져 더 이상 추억거리도 남아 있지 않다고 한다.

이 일로 경찰은 그녀를 구속하려 했지만 남편의 간절한 호소로 구속은 면했다.

- 2002년 10월 18일자 『goodday』지에 게재 -

"알아듣지 못하는 맹추군. 이 전기 청소기를
사달라는 부탁이 아냐. 사라는 거야!"

14.
이색 만담

입술을 보면 '속궁합'을 알 수 있다

'입술로 속궁합을 맞춰 본다?'

속궁합을 쉽게 맞춰 볼 수 있는 방법, 입술로 보는 신(新)궁합론이 나와 사람들의 관심을 끌고 있다. 입술연구가 김정수 씨(60)가 장장 40년에 걸친 연구와 3천여 명의 여성들을 만나 관찰한 끝에 펴낸『섹스 앤 립스(Sex & Lips)』(스카이 인터내셔널 펴냄)라는 책을 통해 그 방법을 소개하고 있는 것이다. '성(性)의 매력은 입술에 있다'는 중국 고서의 주장에서 출발, 한국 미국 베트남 등지에서 저자의 체험을 바탕으로 연구한 끝에 나온 내용이다. 그는 입술의 유형에 따라 성감(性感)이 어떻게 다른가를 사진과 설명을 곁들여 보여주고 있다.

51가지 유형 가운데 가장 좋은 입술은「흡입기」형. 윗입술 가운데가 제비가 나는 듯한 모습이고 주름이 없으며 아랫입술은 역삼각형이고 물기가 촉촉한 입술형이다.

이것은 신의 명작 중에서도 명작으로 지속적으로 관계를 맺고 싶게 하는 유형이다. 관능미 넘치는 마릴린 먼로와 샤론 스톤이 대표적인 예. 또한 세계적인 재벌그룹 부인들의 상당수가 이 유형이라고 한다. 국내에서 지금은 활동을 그만둔 여자가수 P가 이에 해당된다. 여기에 4가지 하위 유형이 설명돼 있다.

흡입기형을 포함한 5가지 대표적인 명기 유형이 있는데 그 중의 하나가 「지렁이 천 마리」형. 남성을 녹초로 만드는 유형으로 엘리자베스 테일러가 이에 해당된다. 이 유형은 보통 입술보다 넓고, 도톰하며 아랫입술은 「누에입술」과 같다. 역시 여기에도 4가지 하위 유형이 있다.

탄력이 있어 남성의 크기에 상관없이 좋은 느낌을 주는 형은 「끈달린 주머니」형. 이 입술은 일반적으로 입 양끝이 2~3미리미터 정도 뜨는 경우가 많고 말할 때 윗입술이 물 흐르듯이 움직인다.

편안함과 포근함을 함께 느낄 수 있는 입술 유형은 「도넛」형.

입술 왼쪽에서 오른쪽까지의 넓이가 거의 같고 약간 도톰하며 입술 길이가 길다. 이런 여성은 대체로 모성애적이고 말수가 적으며 온화한 성격을 갖고 있다.

남편을 가정적으로 만들고 아내에게 꼼짝 못하는 공처가나 애처가로 만드는 유형은 「천장의 좁쌀」형이다. 이 유형은 대체로 입이 작고 말할 때 입술이 한일자로 되며 입공간이 삼각형이다. 여기에도 하위 유형이 3가지 있으며 중견탤런트 K와 C가 이에 해당된다.

그 밖에 「가위 벌린 입술」, 「누에 입술」, 「붕어 입술」, 「사과 입술」 등도 좋은 입술. 그러나 입을 다물어도 주름이 없고 뾰족하게 돌출되는 「고녀 입술」과 「배꼽 입술」은 그다지 좋지 않다고 한다.

그럼 남성을 판별하는 기준은 무엇일까. 남성은 코를 통해 정력과 재운을 판단할 수 있다고 한다. 양 콧망울이 둥글고 단단하며 코 아래의 팔자 모양으로 된 부위가 탄력 있고 단단하면 좋다.

또한 콧구멍이 크고 콧대가 높고 길며, 코밑 인중에 털이 많으면 정력도 좋고 재운도 좋다.

또한 귀나 턱, 눈, 이마 등의 모습으로 남성을 판별하는 기준도 나와 있다. 좀더 구체적으로 일본의 유명한 비뇨기과 박사의 말을 빌려 남성의 심벌이 가질 수 있는 좋은 조건을 수치로 제시하고 있다.

코의 생김새로 성격, 성생활 알 수 있다

과연 저 사람과 나는 속궁합이 맞을까?

코만으로도 침실매너를 짐작할 수 있다. 근착 미국의 주간지 이그재미너는 LA에서 활동하는 관상연구가 워렌 버마즈 씨의 주장을 인용, 코만으로도 그 사람의 성생활을 짐작할 수 있다고 전했다.

버마즈 씨는 "코의 모양과 크기, 얼굴 구조와의 조화 여부만 봐도 성격 능력을 알 수 있다"고 말한다. 특히 그는 누구나 알 만한 유명인사 및 연예인 8명을 기본형 모델로 내놓고 비교해 볼 것을 권고, 더욱 관심을 끈다.

◎ 다이애나형 - 너무 오똑한 것이 흠일 정도로 코가 크고 오똑한 형. 마음을 주었다가 상처받으면 어떡하나 하는 걱정 때문에 확실치 않은 사랑은 아예 하지 않으려고 한다. 그래서 진심을 확인할 때까지 결코 몸과 마음을 열어주지 않는다. 그러나 상대방이 확신만 주면 가진 것은 화끈하게 다 주는 타입이다.

◎ 톰 행크스형 - 주먹코형. 이런 사람들은 항상 사물의 긍정적인 면을 먼저 보며 사랑스런 미소가 이성의 호감을 사는 자산이

다. 침실매너가 좋아 상대방의 긴장을 풀어 주고 섹스를 즐길 수 있도록 해 준다. 물론 뒤끝도 깨끗하다. 그러나 자신이 필요할 때는 대단히 심각해지기도 한다.

◎ 조디 포스터형 - 코끝이 얇고 뾰족한 형. 이지적이고 대인관계가 원만하지만 상처받기 쉬운 일면도 있다. 이런 유형은 애정 문제에 있어서 상반된 이중성을 가지고 있다. 즉 잔잔한 사랑을 하고 싶어하는 동시에 격정적인 사랑을 하고 싶어한다. 이런 형은 과거 실연경험이 있다면 힘들고 쓸쓸한 과거를 되풀이하지 않기 위해 노력한다. 무엇보다 이성을 기쁘게 하는 것은 침실 안에서 카멜레온처럼 시시각각으로 분위기가 변화, 늘 신선하다는 점이다.

◎ 실베스터 스탤론형 - 코의 굴곡이 약해 콧구멍이 두드러져 보이는 형. 내유외강형이 대표로 때로는 생기가 넘치다가도 때로는 모든 일에 초연, 관조하는 자세를 보이기도 한다. 특히 자기 주변에 담을 싸 타인의 접근을 막지만 일단 그 담이 무너지면 행복한 기분에 젖어 헤어날 줄 모른다. 이런 형의 경우 섹스는 자기의 기분을 표현하는 주된 수단이 된다. 사랑하면 물불 가리지 않고 관심이 없으면 지나치게 냉담하다.

◎ 히더 록클레어형 - 전체적으로 도톰해 보이는 단추형. 이런 사람은 대표적인 야누스형. 마치 한 사람 안에 두 사람의 성격이 들어 있는 듯 하다. 섹스에 있어서도 마찬가지. 사랑하는 이와 감미로운 사랑을 나누는 것을 즐기지만 자기가 사랑하지 않는 사람,

혹은 아무런 희망이 없는 사람과도 섹스를 할 수 있다. 어쨌든 섹스를 즐기는 유형이다.

◎ 존 트라볼트형 - 넓적한 삼각형. 연애에 대해 대단히 현실적이고 절대로 허튼 짓을 하지 않는 반면 바람둥이 기질도 다분한데 이는 종이 한장의 차이. 자기가 좋아하는 사람과 있으면 무슨 일이든 쉽게 생각하고 성애만을 즐기려고 한다.

◎ 로잔느형 - 코 끝이 둥글고 콧구멍이 벌어진 형. 성생활은 물론 모든 생활에서 '전부가 아니면 전무(All or nothing)형'이다. 미온적인 상대방은 이런 유형을 잡아 둘 수도 없고 만족시킬 수도 없다. 섹스를 하는 동안은 마치 동물처럼 다른 것에 관심을 돌리지 않고 섹스에만 집착한다. 누구하고나 대단히 열정적인 연애를 하지만 단 오래 가지 않는 점이 흠이다.

◎ 조지 크루니형 - 쭉 뻗은 코. 코 때문에 매우 강렬한 인상인데 바로 이런 얼굴이 호색한형이다. 미소를 띠면서 콧소리 섞인 목소리로 나지막히 말을 걸면 안 넘어가는 이성이 없다. 그러나 속마음은 잘 주지 않는 편이다. 또 이따금 침실에서 파트너를 실망시키는 것도 문제, 이런 형은 재산이 뒷받침 돼야 비로소 진가(?)를 발할 수 있다.

발레토매니아와 토슈즈

'발레토매니아'란 발레광(狂)을 뜻하는 것으로 발레를 매우 좋아하다 못해 광적으로 심취한 사람을 이르는 말이다.

발레는 고대부터 그 기원을 둔 역사의 유물이다. 처음에는 무용수들이 맨발로 춤을 추었다. 그러나 발끝을 들고 지상에서 벗어나고파 하는 인간의 욕망은 토슈즈를 만들어 냈다. 토슈즈에 의지하여 여자 무용수들은 온몸에 균형을 잡고 갖가지 난해한 기교를 펼친다. 마치 곡예사들 같은 아슬아슬한 모습으로,

19세기말에 드디어 치렁치렁한, 긴 무용복에 가리워졌던 여자 무용수의 발목이 드러나자 관중들은 환호와 경멸이 교차되는 반응을 보였다. 탈리아나라는 발레리나 이후 드디어 발레복이 종아리를 드러내자 그것은 충격적인 화제가 되었고 현대의 튀튀복(다리를 온통 드러내는)이 될 때까지 조금씩 짧아지는 민감한 반응을 보였다.

남성들은 그 후 발레공연에서 여자 무용수들의 아름다운 다리를 보기에 골몰하는 버릇이 생겼으며, 발레리나의 균형 잡히고 탄탄한 몸매에서 심지어는 성적 욕구에 강한 자극을 받기까지 했다.

뉴욕의 벼룩시장이나 발레의상 전문 상점에서는 때때로 유명

발레리나들이 신다가 낡고 더러워져 버린 토슈즈를 걸어놓는 것을 볼 수 있다. 이것은 전시용이 아니라 판매용이다. 간간이 이런 토슈즈를 사가는 남성(특히 나이 지긋한 중년신사)들을 볼 수 있는데 이 토슈즈는 그들이 성적 욕망을 충족시키는 하나의 도구인 것이다. 그들은 토슈즈를 바라보며 무대를 가로지르는 요정 같은 발레리나를 연상한다. 그들은 토슈즈에서 관객을 희롱하며 도약하는 발레리나의 눈부신 각선미를 발견하는 것이다. 마치 여신의 모습으로 황홀경에 몰아 넣는 마력에 넋을 잃는 것이다. 발레에 미친 어떤 발레토매니아는 자신이 좋아하는 한 발레리나의 낡은 토슈즈를 구해서 삶아 국물까지 모두 먹어버렸다는 이야기가 있다.

변태는 '선택' 피임은 '필수'

트리스탄 타오미노. 그녀는 잘나가는 현직 포르노 배우인 동시에 베스트셀러 『여성을 위한 항문섹스 가이드』(The Ultimate Guide to Anal Sex for Women)의 저자다. 또 뉴욕에서 발행되는 문화 주간지 『빌리지 보이스』 등의 매체에 섹스 관련 칼럼을 연재 중인 칼럼니스트이기도 하다. 포르노 여배우로서는 보기 드문 지성파인 셈이다. 현재 뉴욕에 거주하고 있는 그녀는 스스로를 작가(writer), 편집자(editor), 섹스교사(sex educator) 겸 페티시 모델, 행위 예술가, 포르노 프로듀서라고 말한다.

지성파 포르노 배우답게 그녀는 개인 홈페이지도 운영하고 있다. 인터넷을 통해 그녀에게 들어오는 질문은 대략 두 가지로 나뉜다. 첫째는 섹스클리닉이다. 오럴, 애널섹스 등의 구체적인 테크닉에 관한 조언과 다양한 종류의 섹스 트러블에 대한 상담이 그녀가 진행하는 클리닉의 주 내용이다.

둘째 내용은 그녀가 겪은 아찔하고 짜릿한 섹스 체험담이다. 포르노 배우라는 직업을 가지고 있는 여성에 대한 남성들의 원초적인 궁금증인 셈이다. 그녀가 개인 홈페이지를 통해 고백한 바에 의하면 현직 포르노 배우인 그녀에게도 짜릿한 섹스 경험이 여러 번 찾아왔다고 한다. 그녀는 "그 중에서도 가장 환상적인 경험은 섹스 파티에 관한 것"이라고 했다. 그룹 섹스 등 온갖 변태적인 성행위 체험을 통해 지금의 자신으로 성숙할 수 있었다는 것이다.

그녀가 말하는 미국 섹스 파티의 풍경 중 흥미로운 부분은 파티가 진행되는 장소에 따라 강도가 다르다는 점이다. 섹스 파티는 대부분 전형적인 미국 상류층이 거주하는 저택에서 열린다고 한다. 저택의 룸은 세 종류로 나눠진다. 첫 번째는 비공개용으로 보통 잠겨있는 상태다. 잠겨 있지 않더라도 사람들은 구경하는 것에 만족해야 한다. 두 번째는 반공개룸, 문 대신 커튼이 있는 구조다. 아무나 출입 가능하고 상대가 원한다면 섹스를 함께 즐길 수 있다. 마지막은 완전 오픈형이다. 일단 그 방에 들어가면 어떤 종류의 요구도 거절할 권리가 없다고 타오미노는 말한다.

섹스 파티에 대한 그녀의 언급은 단순히 자신의 경험담을 전달하는 것에서 그치지 않고 섹스 파티를 동경하고 실제로 준비하는 이들에게 진심어린 충고를 아끼지 않는다. 바로 안전한 섹스를 위한 물품을 준비하라는 점이다. 피임기구 등의 물건을 반드시 지참하라는 것이 그녀가 말하는 섹스 파티에 대한 결론이다.

– 『굿데이』에서 발췌 –

지구촌은 넓고,
희한한 얘기도 많다

2016년   2월 20일 / 1판 1쇄 인쇄
2016년   2월 25일 / 1판 1쇄 발행

글쓴이 ㅣ 김 영 진
펴낸이 ㅣ 김 용 성
펴낸곳 ㅣ **지성문화사**
등 록 ㅣ 제5-14호(1976.10.21)
주 소 ㅣ 서울 동대문구 신설동 117-8 예일빌딩
전 화 ㅣ 02)2236-0654 , 2233-5554
팩 스 ㅣ 02)2236-0655 , 2236-2953

정가 12,000원